PANDEMÕNIO: MEMÖRIAS & MIRAGENS

PANDEMÕNIO: MEMÓRIAS & MIRAGENS

Os melhores contos de

Olyveira Daemon

FARIA E SILVA EDITORA

Rio de Janeiro, 2024

Pandemönio: memörias e miragens

ISBN:978-65-6025-110-6

Este livro possui inovações linguísticas propostas pelo estilo literário do autor, que entram em desacordo com a norma padrão da língua, por isso, é importante ressaltar que a editora não se responsabiliza pelas ocorrências que não seguem o Acordo Ortográfico da Língua Portuguesa de 2009.

Impresso no Brasil – 1ª Edição, 2024 – Edição revisada conforme o Acordo Ortográfico da Língua Portuguesa de 2009.

Dados Internacionais de Catalogação na Publicação (CIP)
(BENITEZ Catalogação Ass. Editorial, MS, Brasil)

D123o
1.ed. Daemon, Olyveira
Pandemönio: memörias e miragens : os melhores contos de Olyveira Daemon / Olyveira Daemon. – 1.ed. – Rio de Janeiro : Faria e Silva, 2024.
256 p.; 13,7 x 21 cm.

ISBN 978-65-6025-110-6

1. Ficção brasileira. I. Título.

05-2024/20 CDD B869.3

Índice para catálogo sistemático:
1. Ficção : Literatura brasileira B869.3
Aline Graziele Benitez – Bibliotecária – CRB-1/3129

Faria e Silva é uma Editora do Grupo Editorial Alta Books

Produção Editorial: **Grupo Editorial Alta Books**
Diretor Editorial: Anderson Vieira
Editor da Obra: Rodrigo Faria e Silva
Vendas Governamentais: Cristiane Mutüs
Gerência Comercial: Claudio Lima
Gerência Marketing: Andréa Guatiello

Produtora Editorial: Milena Soares
Revisão: Andresa Vidal; Alessandro Thomé
Projeto Gráfico e Diagramação: Junior Santos
Capa: Marcelli Ferreira

ALTA BOOKS
GRUPO EDITORIAL

Rua Viúva Cláudio, 291 — Bairro Industrial do Jacaré
CEP: 20.970-031 — Rio de Janeiro (RJ)
Tels.: (21) 3278-8069 / 3278-8419
www.altabooks.com.br — altabooks@altabooks.com.br
Ouvidoria: ouvidoria@altabooks.com.br

Editora **afiliada à:**

ABDR Associação Brasileira de Direitos Reprográficos
ASSOCIADO CBL Câmara Brasileira do Livro

Para Tereza & Érica, e para meus pais
— estrelas-guia

Para os adoráveis seres gasosos de Canopus
— meus leitores

O que é o Brasil?
Um abismo que nunca chega.

Favelost: Fausto Fawcett

Sumário

Éramos todos bandoleiros
1

§ Mãe das aves
15

Homenagem a Troia
27

Uma velhota
29

Senhor McPiffs
31

Doce dilema azul de bolinhas amarelas
33

O fantsama da máqiuna
37

Encanador
43

Baile de máscaras
55

Dia dos prodígios
59

Naquela época tínhamos um gato
75

Chapeuzinho pergunta ao Chapeleiro
79

Odor
81

Qüiproquó na Sé
83

Fortuna
87

Ah!
91

Sang Yi
99

Uma ficção
117

Una fábula colorida
123

Avenida Rashomon
125

Inveja
129

Kadáver kauteloso eskondido num baú
133

Meu tio o mameluco-malaco
137

Os saltitantes seres da Lua
143

Lua, 1969
161

Não Sei Bem O Quê, aqui
171

Fábula rasa
177

A peste
183

O homem invisível
191

Zede, o gado
193

>>>Ódio sustenido
195

Duzentas myl horas
199

A vysão vermelha de Vyctor, ao vento
223

Este livro possui inovações linguísticas propostas pelo estilo literário do autor, que entram em desacordo com a norma padrão da língua, por isso, é importante ressaltar que a editora não se responsabiliza pelas ocorrências que não seguem o Acordo Ortográfico da Língua Portuguesa de 2009.

Éramos todos bandoleiros

Dênis, sobrenome Pênis, estava encurralado.

Ok, Dênis, saia com as mãos erguidas, porco leproso filho de uma cadela sarnenta, Alex disse. Por que vocês não vêm me pegar, come-bostas de uma figa, disse Dênis, agitando seu revólver. Vocês vão aguentar isso, vocês vão ficar quietos, ouvindo ele dizer venham me pegar, come--bostas de uma figa, para os quatro cantos da Terra, eu disse, saindo de trás do barranco. Quem for homem que me siga, eu disse. O último que chegar lá vai lamber o cu do padre, Franco disse.

Alex e Franco e Felipe e eu caímos sobre Dênis Pênis, sujando nossas roupas na grama molhada, depois todos eles caíram sobre mim, depois sobre Franco e Felipe, depois uns sobre os outros.

Exaustos e um pouco machucados, paramos pra respirar.

Meio minuto depois, Alex e Franco e Felipe e Dênis e eu cavalgávamos contra o vento, contra as balas dos rifles inimigos, passando entre as bostas das vacas, sufocados pelo cheiro, pelo calor e pela distância, aos gritos, contando vantagens, exagerando mentiras, contentes com a companhia uns dos outros.

Éramos bandoleiros e o sol vermelho em poucas horas começaria a desaparecer às nossas costas. Por isso, entrávamos correndo pelo terreno baldio, alucinados, o vento batendo em nossa cara e o cheiro de mato, contínuo, espalhando-se por toda a parte. Corríamos quase sempre descalços, contra os maus presságios, pisando em pedras e aranhas e gafanhotos e escorpiõezinhos. Éramos bandoleiros e não tínhamos medo.

Aquela não é sua mãe, ela está nos observando, Alex disse.

Corríamos através da fenda nos muros, nas paredes de uma casa abandonada, desaparecíamos atrás de uma árvore ou de um barranco qualquer, ou atrás de um monte de areia, respirávamos com violência, fugindo de nossas próprias sombras, nascíamos e morríamos à procura de um esconderijo, elegíamos alguém inimigo, Alex ou Dênis ou Franco ou Felipe ou eu, atirávamos mamonas em suas costas, na cabeça e nos braços, com os nossos estilingues, subíamos nas laranjeiras e mangueiras, gritávamos, caíamos uns sobre os outros e começávamos a lutar, com palavras e palavrões, com os punhos doloridos, cada qual lutando pelo seu grupinho, procurando encurralar um ou outro no canto dos muros — quando encurralados, adversários, fugíamos feito gatos vadios —, fazíamos silêncio, quietinhos, quietinhos, saltávamos sobre os próprios pés perdidos no capim alto, nos arrastávamos pelo chão através do entulho deixado pelos vizinhos, nossas camisas e capangas, nessa hora, suadas, dispersas na areia, atrás de uma moita, ou em outro lugar. Éramos batedores, emissários do general Custer.

Novamente exaustos, parávamos pra respirar, deitados no jardim da casa abandonada, à sombra. Nenhum de nós dizia nada. Apenas respirávamos a primitiva configuração de nuvens, no céu ainda vermelho, assimilando sem muito interesse as gotas de suor que escorriam pela testa, pelos braços magrelos.

Meia hora depois, cem anos haviam se passado. Não éramos mais bandoleiros, não estávamos no Texas, longe, longe. Estávamos em casa, quietos e sem vida.

Olha só, uma teta do tamanho de uma torre, Alex disse. Parece mais uma buceta branquinha, eu disse. Uma bunda virada pra cima, Felipe disse. Um passaralho boludo, Franco disse.

Éramos nuvens em transição.

Pouco depois, éramos caçadores numa selva sombria.

Me dá a faca. Eu envolvia cuidadosamente entre os dedos finos um pouco de capim, cortava-o rente ao chão e com um ou dois ramos mais resistentes enrolava todo ele, fazendo assim um pequeno maço. Meu irmão às vezes aparecia e me ajudava. Tínhamos que recolher de quinze a vinte maços por dia — o suficiente pra encher nossas capangas. Minha faca era bem afiada, mas quase não havia mais capim nesse terreno baldio. O trabalho era monótono e cansativo. Pra não ter que sair à procura de outro terreno, eu, aos poucos, ia me enfiando cada vez mais no mato, em busca de novos tufos de capim. Nessa investida, meu irmão raramente me seguia. Ele se preocupava muito com formigas e aranhas e gafanhotos e escorpiõezinhos.

Quanto eles comem por dia, Alex nos olhava de perto, um pouco incomodado por ter que ficar ao sol, sentado no topo do monte de areia.

Comem tudo o que você deixar pra eles comerem. Quinze, vinte, trinta maços. Comem até a barriga estourar, se você deixar. Depois, cagam por toda parte. Isso, o dia todo: comer, cagar, comer, cagar.

E a gente tem que limpar a merda toda, meu irmão disse.

A gente uma ova, você nunca me ajuda.

Eu tinha uma família de porquinhos-da-índia vivendo numa gaiola improvisada pelo meu pai — um caixote grande com uma tela de aço tapando a lateral —, presa na forquilha de um cajueiro, no quintal de casa. Às vezes, os meninos da minha rua pediam pra ir até lá, olhar os bichos comer, cagar, comer, cagar. Sentia-me plenamente realizado, era bom poder lhes proporcionar esse momento animal. Eu era o único, num raio de muitos quarteirões, dono de porquinhos-da-índia.

Alex, sua irmã está acenando pra você.

Éramos, nesse instante, índios.

Ela está sozinha, Alex Touro Sentado perguntou. Não, está com as amigas do colégio, Dênis Cavalo Louco disse, ela quer falar com você.

É uma cilada, Alex disse. Vambora!

Índios, voltávamos sobre nossas pegadas para dentro do mato, cruzando a frente da casa sem sermos vistos, disfarçados de árvore, entre as árvores, de pé de mamona, entre os pés de mamona, de areia, entre os montes de areia. Quando passávamos na frente de um muro, éramos concreto, e transparentes no descampado seguinte. No ar, éramos ar, e flutuávamos ao redor das casas, deixando pra trás pouco menos do que o sopro dos pulmões, dos próprios ossos reduzidos a pó, passando pela minha casa, pela rua quase vazia, pelo supermercado, pela estação ferroviária. Corríamos contra o vento e também a favor, redemoinhos. Se algum obstáculo aparecia à nossa frente — uma cerca, um muro —, imediatamente passávamos sobre ele, com a naturalidade dos raios do sol.

Às vezes a velha Angelina se irritava por estarmos no seu quintal, à procura de um atalho ou de um objeto qualquer, uma pipa, uma bola. A varanda da casa era estreita e, saindo da cozinha, com uma vassoura na mão, a velha aparecia, xingando alto, gesticulando, fazendo o possível pra nos assustar. Nós, em resposta, imediatamente subíamos em sua jabuticabeira, ágeis peles-vermelhas, e dali pulavamos para o alto do muro. Éramos gigantes e não tínhamos medo de nada. Passeávamos sobre o muro, equilibristas, ou engatinhando, sentindo sua superfície áspera, percebendo e ocupando, com os olhos, toda a extensão de nossa cidade, dos campos, do céu de cinema. Fazíamos isso entre muitas provocações, porque, sendo a velha Angelina analfabeta e manca, quando ela andava e falava, sua língua e suas pernas mal conseguiam pronunciar palavras e gestos que não confirmassem sua total incapacidade pra compreender o mundo, não do jeito que nós, flechas suaves, o compreendíamos. Do alto do muro, gritávamos, Angelina barata, bunda de anjo, perna de lata, bunda de anjo, perna de lata.

Não devíamos falar com ela assim, a velha Angelina é mãe de santo, Alex disse. O moleque às vezes se assustava com feitiços, encantamentos e truques de magia negra, histórias que ouvíamos por aí. Dizem que alguns meninos que viviam provocando a velha na rua estão agora com ameixas no lugar dos bagos, Alex disse pela enésima vez, imaginem isso, ameixas no lugar das bolas... brrr.

Ela não sabe meu nome, nunca conseguirá me pegar, eu disse, pra fazer funcionar um boneco vodu ela precisa saber o nome da pessoa. Alex, pensando melhor na questão, concordou pela enésima vez, com um leve aceno de ombros. Concordou sem concordar. Baixou o pânico. Um minuto depois, separados do restante do grupo, corríamos pelos trilhos do trem, Alex à minha frente, correndo na direção de sua casa, meu irmão atrás de mim, bufando feito um leitão exausto, nós três mortos de medo, convencidos de que todas as histórias sobre os poderes da velha Angelina estavam realmente em nosso encalço, de que mais cedo ou mais tarde também seríamos diabolicamente transformados em meninos-com--saco-de-ameixas, ou coisa pior. Corríamos e desviávamos e saltávamos e, cansados, paramos pra respirar — ar, ar —, caminhamos e deitamos na grama do quintal, à sombra de uma árvore, de olho no céu, nas casas antigas, no movimento da locomotiva que fazia manobras, mais adiante, a uns dez metros do quintal, separada de nós apenas por uma cerca de arame farpado e um declive ocupado por arbustos. O barulho-estrondo, do outro lado da cerca, era ensurdecedor.

O que vocês estão fazendo aí, Giba perguntou, entrando no quintal, com algumas revistas de histórias em quadrinhos, umas seis ou sete, e um embrulho pequeno, mal embrulhado, embaixo do braço. O que estão fazendo, ele disse. Nada, nós dissemos.

Éramos vento. Não fazíamos nada. Apenas soprávamos, sobre a grama, sobre o mundo.

Giba havia ganhado dos pais uma bicicleta muito bonita, de doze marchas. Eu também era dono de uma bicicleta, mas não tão bonita quanto a dele. Naquele vaivém todo, eu a havia deixado em casa.

Vocês não querem vir comigo até minha casa, minha mãe está esperando este embrulho a tarde toda, ele disse.

Giba era preto-pretinho, franzino-bonitinho e usava óculos. Não era um cara muito inteligente e também não era nosso amigo. Tinha problemas com alguns garotos que moravam perto de sua casa, tudo porque tivera a péssima ideia de dedurá-los para o diretor do colégio e para os próprios pais dos moleques. Sobre o quê, eu não sabia. Nós, ali, meio mortos e quietos, não estávamos nem um pouco interessados nele ou no seu medo de levar uma surra na rua.

Não, sem chance, tenho que levar esse capim pra minha casa, já está começando a escurecer, eu disse, erguendo minha capanga, sem muita vontade. Também não posso, Alex disse, tenho que entrar, eu ainda não tomei banho, quando volta do trabalho e me encontra neste estado, puta merda, minha mãe vira uma onça.

Mesmo assim, meu irmão e eu o acompanhamos durante algum tempo, porque aquela rua, na verdade, também era o nosso caminho. Minha vontade, enquanto andávamos, era atirar-lhe uma pedra nas costas, empurrá-lo, derrubá-lo de sua linda bicicleta de doze marchas, acertar-lhe dois tabefes na orelha, no nariz, rolar com ele na poeira, espalhar as revistas e a encomenda, gritar, dedo-duro do caralho. Sua conversa era chata, sem interesse. Em sua presença, deixávamos de ser qualquer outra coisa que não fosse nós mesmos. Nem índios, nem caubóis. Andando ao seu lado, não voávamos, não corríamos, não subíamos em árvore. As nuvens eram nuvens, as pedras, pedras, as casas, casas, e nós, simples mortais, ficávamos condenados à irrealidade cinzenta do dia a dia.

Próximos dos trilhos, achei que já era hora de nos separarmos, até logo, Gilberto, eu disse. Até logo, ele disse, então desacelerou.

O maldito cretino estava aflito porque até a sua casa faltavam ainda muitos quarteirões.

Um velho, numa bicicleta, estava parado na calçada, ao lado dos trilhos. Media com atenção as manobras da locomotiva, os vagões soltos, estacionados, a poeira e o movimento frenético das pessoas, lá longe, dentro da estação. Em seguida, ainda na calçada, começou a empurrar lentamente a bicicleta pra cima de um dos trilhos, tomando todo o cuidado pra que as rodas ficassem equilibradas. O velho queria passar pela cerca de arame farpado e pela grade com pontas afiadas, deitada no chão, cuja finalidade era justamente impedir a passagem de pedestres, separando a calçada do resto da trilha.

Os trilhos cruzavam quase toda a cidade e, dessa maneira, todos nós, donos de bicicletas, sabíamos que se você quisesse ir de um bairro a outro sem gastar fôlego e pneus, bastava sair da rua e seguir pelo acostamento dos trilhos, de terra batida, diminuindo assim a distância e evitando o trânsito. Porém, para se manter vivo, era muito importante perceber a aproximação do trem e sair da trilha estreita o mais rápido possível.

Depois de nos despedirmos, Giba ainda ficou parado ao nosso lado, sem dizer nada. Perguntei-lhe se conhecia as histórias sobre a velha Angelina, seus poderes sobrenaturais, se era verdade tudo o que diziam sobre os encantamentos, as ameixas. Ele gesticulou com a cabeça, severo e afirmativo. Mas, pelo brilho dos seus olhos, cheguei à conclusão de que ele nem ao menos sabia do que eu estava falando.

Acho que ele está com problemas, Giba disse.

O pneu dianteiro havia escorregado do trilho, caramba, e agora estava preso entre duas pontas de aço. O velho tentava puxar a bicicleta pra trás, tentava muito, mas quanto mais suas mãos forçavam, mais o pneu se entranhava na grade.

Para nós, que apenas observávamos, tudo não passava de um pequeno mau jeito. Bastaria um ou dois movimentos na direção certa, com cuidado, pra que tudo se resolvesse e o velho pudesse seguir em paz. Mas ele estava ficando impaciente. Seus gestos eram agressivos e firmes. Ele bufava e praguejava e todo o seu nervosismo servia apenas pra prender ainda mais a roda nas pontas.

A locomotiva fazia manobras, longe dali, próxima à estação. Parados a poucos metros do velho, nós três a observávamos ir e voltar, sem muita pressa, duas, três, quatro vezes, sem se decidir a permanecer em nenhum lugar, as luzes da cabine acesas, era uma criatura ruidosa, longe das pessoas, dos vagões e da Terra. Nós três, parados a poucos metros do velho, olhávamos a noite, o espaço sideral, talvez esperando os discos voadores.

Estava escuro o suficiente pra que, dentre os milhares de milagres presentes ao nosso redor durante o dia, não pudéssemos distinguir muito mais do que os próprios rostos e um pedaço dos trilhos e da trilha estreita que se perdia numa curva fechada, entre quintais de casas pouco iluminadas, muros, árvores, arbustos sinistros.

Está ficando tarde, Giba disse. Olhem só aquelas luzes entre as árvores, será que as pessoas já estão jantando, ele disse. Provavelmente, eu disse. Minha mãe esperou este embrulho a tarde toda, ele disse.

Giba então sugeriu que nós três fôssemos até sua casa, que usássemos seu telefone, que chamássemos nossa mãe pra lhe pedir que viesse nos buscar de carro, e enquanto ele ia dizendo isso, um monótono blablablá, eu pensava nos porquinhos-da-índia, os coitados estavam sem comer desde a tarde do dia anterior, eu pensava nos filhotes recém-nascidos, na pasta escura e malcheirosa que, àquela hora, devia estar cobrindo todo o chão da gaiola, formando várias camadas, as primeiras mais claras e úmidas do que as últimas, eu pensava nisso e no fato de que nossa família não tinha telefone em casa. Éramos todos porquinhos-da-índia e não tínhamos telefone em casa.

Enquanto eu pensava, seu rosto ia ganhando uma luminosidade delicada, alienígena.

Primeiro, um clarão amarelo-ouro, depois, o ruído de alguma coisa fria se partindo. Entre um e outro, um risco uniforme, noturno-diurno, o som de mil tratores rasgando o chão, o grito de um homem, louco, louco, o que você pensa que está fazendo, um pulo no escuro, a barra da calça do velho presa no arame farpado, a bunda comprimida contra a cerca, um guinche-guinche surdo, feito de ossos, ar e poeira, os olhos do velho incrivelmente abertos, imobilizados entre a cerca de arame farpado e a parede de aço homicida, perfeita, poderosa, uma parede a cem quilômetros por hora, um som de trombetas cortando a rua, saindo de uma direção inesperada, um som ausente, avassalador, o movimento rápido da grama ao redor dos trilhos. Meio segundo depois, a mesma quietude de antes.

Então, aconteceu uma coisa maravilhosa.

Uma vertigem súbita. Um milhão de vespas voando dentro de nossa cabeça, sem que estivéssemos preparados pra isso, pelo menos não pra toda essa intensidade, pipocando fogos de artifício dentro de nossos ouvidos, diante de nossos olhos, como se essa fosse a noite mais radiante do ano, e nós, simples meninos parados ao lado dos trilhos, fôssemos, associados ao velho da bicicleta, os quatro cavaleiros do Apocalipse. Num minuto, era como se toda aquela vertigem do meio-dia selvagem estivesse de volta, como se fôssemos novamente o vento, as árvores e as nuvens, somados à movimentação audaciosa e fosforescente na estação ferroviária. Éramos o céu e a própria noite, a escuridão interestelar, éramos assassinos e super-heróis, viajantes do futuro, todas as coisas e nenhuma, ao mesmo tempo. Mais uma vez, aventureiros, tudo porque havia um velho sentado na grama, segurando pedaços de ferro e borracha, distante cinco mil anos de todos nós, e um homem desconhecido que o ajudava a ficar em pé, falando-lhe coisas disparatadas, chamando-o de louco, louco, onde é que você estava com a cabeça, um homem-alien dando-lhe bronca e tentando, ao mesmo tempo, reanimá-lo, enquanto mais e mais curiosos iam pulando a cerca, se aproximando.

Isso me encheu de uma alegria nova. Rejuvenescido, era como se eu, não de uma maneira estranha, mas de uma maneira muito mais intensa, estivesse recoberto de benevolência, de compaixão e de boas intenções, tanto que, passado o susto, quando Giba se aproximou, mais uma vez, pra se despedir, eu imediatamente me ofereci para acompanhá-lo até sua casa. Avise a mamãe que eu vou chegar logo, eu disse ao meu irmão. Leve minha capanga com você, eu disse.

A eletricidade dos acontecimentos ainda parecia dançar nos óculos de Giba.

Partimos, a bicicleta entre nós dois. Éramos piratas fugitivos, em terra firme, filhos do famigerado Barba Negra. Porém, poucos quarteirões depois, ainda absorvido por uma atmosfera sensual e delicada, compreendi que, apesar de tudo, nada mais em minha vida jamais seria tão arrebatador quanto essa sensação de alegria sublime e infinita que me envolvia. Sentia-me totalmente pleno, íntegro. O coração palpitava de calor. Minhas mãos tremiam e a respiração estava quase irreconhecível.

Giba se virou pra me dizer qualquer bobagem agradecida. Nesse gesto eu percebi, entre outras coisas, que seus olhos eram lindos e suas orelhas também. Comovido, dei-lhe um tapa na cara, empurrei-o contra um muro. Ele tirou os óculos, guardou-os no bolso da camisa, pendurou-a com o maior cuidado no guidão da bicicleta e se atirou sobre mim. Nos engalfinhamos na rua, aos tropeções, longe da atenção de todos. Terminamos cansados e abraçados, sentindo o cheiro um do outro. Mais tarde, quando voltei a observá-lo, ele estava sentado na sarjeta, com o nariz sujo de sangue, e seu cabelo quase tocava as estrelas.

§ Mãe das aves

§ com o nascimento de Amanda, a mãe abandonou a faculdade de filosofia, que tanto detestava, e aprendeu a ver o mundo pelos olhos da filha § pessoas, objetos, paisagens § deslumbrou-se com o novo aspecto das coisas, da poeira nos móveis às estrelas da Via Láctea, quando intermediadas por uma criança § com a partida de Amanda, trinta anos depois, o novo mundo desapareceu pra sempre

§ as pessoas, os objetos, as paisagens § onde?

§ onde, o mundo povoado de coerência, a sublime realidade? § deitada no sonolento sofá de gobelin, a mãe se pergunta se o que desapareceu, de fato, foi a realidade em si ou se apenas a realidade de Amanda — a sucessão de eventos, obscura, que os olhos da filha tornavam clara e aceitável

§ deitada no sonolento sofá de gobelin, nos braços amorosos de Johnnie Walker, a mãe adormece § a boca seca, cheia de areia de ampulheta, as pálpebras em brasa, sonha essa suave mulher com desertos e despenhadeiros de fogo § reentrâncias e labaredas § pedra, muita pedra, no fundo do copo e da garrafa § ninguém, em parte alguma § nenhum pássaro, nenhuma planta § apenas Wagner, no topo de um morro, regendo um grupo de demônios sem asas

§ então ela desperta com os primeiros acordes de *Tristão e Isolda*, os olhos úmidos de uma sensação insossa, uma sensação... § logo reconhece, é tristeza § não § é raiva § e o sonho, um chamado para a luta

§ a mãe aprendeu a interpretar sonhos na PUC, na faculdade de psicologia § reaprendeu, pra ser mais exato, pois dez anos antes já havia tomado as primeiras aulas com a filha § com os olhos da filha § as mensagens cifradas do cotidiano reorganizadas por Amanda, que na época mal sabia andar § os desejos velados da mãe tornados públicos, desnudados ante os olhos de todos

§ muito tempo depois, durante a recepção a um embaixador qualquer, o confronto § foi a mãe quem, quebrando copos e taças, exigiu:

> pára de me envergonhar na frente dos meus amigos!

§ Amanda não se fez de santa, apesar dos olhos luminosos, angelicais:

> você não é uma mulher § é um enfeite sem graça, de mau gosto § um navio minúsculo numa garrafa § numa garrafa de uísque § não se enxerga, não? > e arrastando a anfitriã engarrafada para perto do espelho que tomava quase toda a parede da sala: > tudo o que faço é mostrar

aos outros quem você é de verdade § do que você realmente gosta: brilhos e reflexos!

§ o pai tentou intervir § o embaixador, desconcertado — seria ele um amigo de infância do pai? —, também tentou intervir § todos, na festa, bêbados como o embaixador e a mulher do embaixador, o pai e a mãe de Amanda, tentaram intervir § mas a filha, não houve diplomacia que a fizesse ficar § disse adeus e se foi, fechando a única fresta que restava entre ela e a mãe

§ ah! § a festa sem frestas...

§ que esplêndido vestido a mãe usava, decotado, creme como os melhores cremes que já provara na França e fora dela § que esplêndido colar de diamantes oceânicos, finamente combinando com os brincos e as pulseiras § que esplêndidos olhos, tão celestiais quanto os da filha § que esplêndidos peitos § que esplêndidas curvas § sem dúvida alguma, a mãe era a mulher mais fascinante de todas as recepções § não só aos seus próprios olhos, mas aos olhos das centenas de convidados § por isso Amanda tinha tanto prazer em debochar da sua cara, da sua mal-disfarçada arrogância:

> tenha dó, mãe! § você insiste em ser amiga das minhas amigas § quer estar sempre com a gente, falar o que a gente fala, ler o que a gente lê, freqüentar nossos pontos de encontro § não se enxerga, não? § abandonou o consultório e agora quer voltar pra faculdade § quer fazer Letras só porque resolvi fazer Letras § porra, assim você me sufoca!

§ a filha longe, o mundo reduzia-se mais uma vez à asfixia

§ como explicar a Amanda que não podia viver sem seus olhos, as retinas? § que toda a sua fascinação de mãe — de seu corpo materno, de seu bom humor, do seu decotado vestido creme, dos seus brincos, pulseiras e colar — dependia totalmente da filha? § da forma como a filha organizava os sonhos e os elementos desconexos da realidade? § como dizer-lhe isso se a voz não saía? § sem as palavras de ordem e desordem que aprendera com a filha, era impossível até mesmo falar?

§ sufoco § asfixia § na garganta, um nó que nem mesmo Wagner consegue desfazer

§ Wagner

§ os presunçosos rompantes decotados do velho Wagner

§ seu compositor predileto

§ *Tristão e Isolda* § todas as tardes, desde que Amanda foi embora § desde que o marido também a abandonou § desde que todos lhe deram as costas

§ a mãe reaprendeu a interpretar sonhos na PUC, na faculdade de psicologia § esse talento, diante dos novos acontecimentos, mostrou-se mais do que suficiente § Letras? § apesar de aprovada no vestibular, reprovou-se a si mesma e não se matriculou no curso que a faria colega da filha, talvez melhores amigas

> bobagem § melhores amigas?! § rá, rá! § apenas colegas de classe § mas certamente inimigas íntimas > Tristão lhe disse, em sonho, as pernas amputadas pela espada de um soberano traído § as pernas destacadas do corpo pela ira de Marcos, rei da Cornualha § de seu tio Marcos, o Corno, soberano dos chifrudos § num sonho regado a Château de Fieuzal, que a mãe não soube interpretar § ou não quis interpretar § num sonho de matéria fermentada, com alto teor alcoólico § num pesadelo recorrente, cheio de correntes, que a fez suar frio três noites seguidas

§ prestou vestibular pra artes plásticas, no Mackenzie, bem longe da filha § não passou § tentou medicina, na USP § não passou

§ mas isso já foi há muito tempo § o que importa agora é que a mãe está finalmente pronta para a luta § pronta pra recuperar tudo o que é seu: o antigo mundo, o aspecto transfigurado das coisas — da poeira nos móveis às estrelas da Via Láctea —, a realidade organizada que Amanda e seus malditos olhos se recusam a lhe devolver § pessoas, objetos e paisagens no devido lugar, mais uma vez

§ brilhos e reflexos

§ os olhos de Amanda, a mãe os quer imediatamente, pra seu uso exclusivo

§ feito um presente sagrado, digamos

§ com o nascimento da filha, a mãe não só abandonou a faculdade de filosofia e passou a enxergar o mundo com novos olhos, como, de quebra, veio morar na cobertura que o próprio marido, engenheiro civil, projetou, calculou e mandou construir para sua família, no topo do edifício mais alto

§ os olhos de Amanda eram, transplantados na mãe, as asas que a levavam ao pináculo do planeta § à cobertura das mil e uma noites, sua casa § mais que isso: seu santuário

§ para a mãe, o marido é o feiticeiro que sabe lidar com o concreto e os vergalhões de aço § um homem acostumado ao cálculo diferencial e integral, à geometria analítica e descritiva § a projetar, planejar, impor ordem § um mágico familiarizado com as curvas e as saliências dos edifícios, com a pressão sofrida pelas estruturas de material variado § talvez por isso, sempre tão ignorante das curvas e saliências dela, mãe, da pressão que vem sofrendo esses anos todos, de dentro pra fora

§ o pai sabe, por exemplo, como depositar uma cúpula no topo de um shopping center: a tampa numa panela de pressão § mas não conhece a impressionante força capaz de expelir um filho do centro de um organismo pulsante § porque jamais viu o mundo, a realidade, pelos olhos de Amanda

§ ele § o pai

§ terminado o colegial, quis ingressar no curso de botânica § a família não aprovou

§ a futura mãe o conheceu quando tinham, os dois, sete anos § idade em que todos os pais são filhos § conheceu-o num dos jardins suspensos do horto florestal § lindos § babilônicos § inaugurados pelo próprio Imperador § ela, a cara amarrada, a vontade de fugir dali § preferia ter ido ao zoológico § ele, feliz, enfiando numa sacola as folhas que haviam caído na trilha de pedras § folhas pra sua infinita coleção

§ conheceram-se e se amaram até que Amanda os separou

§ as asas de Amanda § os olhos

> a vida só me parece possível quando filtrada por eles > a mãe confessou a Tristão, em sonho § o herói aborreceu-se § estava pouco se lixando pra Amanda, os olhos, as asas, a angústia da mãe, as folhas do pai § agulha numa tristonha mão, linha na outra, o herói queria era as pernas de volta § as pernas decepadas por uma espada furiosa

> que espada? > a mãe quis saber, sonolenta de vinho

> a que o teu amigo Wagner fez descer sobre mim! § não se lembra?! § só porque roubei a esposa do meu tio, prometida bem antes de eu a conhecer § não se lembra mesmo?!

§ no fundo da garrafa, a mulher não se lembrava

§ esquecimento

§ com a partida de Amanda, a mãe se desinteressou totalmente da lógica analógica dos sonhos § agora, tudo o que a atrai são as aves § a geometria de canários, faisões e cacatuas § sua geografia § sua arqueologia § suas asas

§ os empregados da casa — principalmente o motorista — estranharam quando a viram chegar da rua, a pé, descabelada, com uma gaiola de madeira § estranharam, mas ninguém disse nada § na gaiola, um casal de periquitos-australianos § a mãe, depois de se certificar de que portas e janelas estavam fechadas, libertou os periquitos na sala de estar

§ os pesadelos com heróis célticos aleijados deixaram, desde então, de incomodá-la § mas o desejo de possuir os olhos da filha, custe o que custar, ainda não § essa volúpia está longe de se aquietar no fundo de uma gaiola invisível § sua gaiola íntima

> ele fará tudo o que puder pra me impedir > resmunga, referindo-se ao pai de Amanda § de marido a arqui-inimigo § > não deixará que eu pegue os olhos dela, as asas dela

§ nas semanas seguintes, a mãe trouxe pra perto de si uma infinidade de aves domésticas e silvestres § pintassilgos, mainás, corvos, marrecos, araras, pavões, rouxinóis, cardeais, pombos e até frangos § a cobertura foi convertida, sem grande esforço, num aviário de seiscentos metros quadrados

§ hoje não há mais empregados pra servir as refeições, tirar o pó dos móveis, atender o telefone e o interfone § não há mais quem traga pra dentro de casa os jornais e as revistas

§ patos afogam o estresse pós-traumático na banheira de hidromassagem § gansos guardam o vestíbulo contra a entrada de visitas indesejadas que jamais virão § beija-flores vão e vêm, vêm e vão pelo corredor perfumado que liga a sala à cozinha § quero-queros dão voo rasante nas delirantes garrafas do bar, quase vazias de esplendores § pingüins mergulham na máquina de lavar roupa atrás de sardinhas de sabão em pó § falcões assassinam melros nos lustres e no topo das estantes § pombas saltam de pombais em forma de barril, posicionados na ponta de uma estaca que desponta pra fora da janela dos quartos

§ asas e mais asas e mais asas assanhadas

§ avestruzes mordiscam as penas e miçangas — mordiscam com fúria! — dos artefatos indígenas que o decorador, amigo da mãe, distribuiu pelas paredes § corujas bicam o controle remoto da tevê, depois, do aparelho de som, inundando os aposentos com o onipotente Wagner

§ *Tristão e Isolda*

§ a mãe das aves, pronta para a luta com o pai que a abandonou, pisa uma superfície fofa e fedorenta § um tapete de folhas de alface e repolho misturadas com alpiste, grãos de milho, farelo de trigo e uma massa escura, envelhecida, fedorenta, difícil de dizer o que é

> ele não deixará que eu pegue os olhos dela, as asas dela § não deixará > resmunga § > eu sei que fará tudo o que puder pra me impedir

§ o pai não sabe o que é gestar durante meses § não sabe o que é engordar e inchar e inflar § até quase explodir § e quando a gente acha que vai finalmente explodir, não explode § incha e infla mais um pouco § e se desdobra em dores e náuseas § a mesma ânsia do início § e vomita § e pede arrego § até que tudo se contorce pela última vez, então o que está dentro abre passagem e sai § e chora § e ri § e baba § e engatinha pela casa § e nos faz ver o mundo de modo diferente: do alto, serelepe

§ os empregados não abandonaram a mãe das aves só porque ela deixou que o instinto materno transformasse a cobertura num ninho doméstico § foram embora porque o abdome dessa mulher fascinada por asas certo dia começou a inchar e inflar e não parou mais

§ não foi preciso nenhum teste de gravidez § uma natureza-mãe sabe quando não está mais só, dentro de si § sem ter feito sexo com ninguém, a mãe das aves agora carrega um novo par de olhos, de asas, que em breve se abrirão para o mundo § mesmo assim, o susto § diante do espelho borrado de titica de tentilhão e andorinha, a ideia de que — abracadabra — do seu útero possa sair não uma criança, mas um ovo de três quilos, a faz dançar feito demente:

> Amanda vai perder a fala quando souber... um irmão! § ou uma irmã! § um belo ser emplumado § alado § olhudo

§ o pai das plantas, que, desde que se separou da mãe das aves, vive no apartamento de baixo, irrita-se com a gravidez da ex-mulher § gravidez bizarra, fora de hora § a mãe das aves já passou dos sessenta § não tem o direito de desfrutar desse tipo de reflexo uterino § devia ter dito adeus à fertilidade

§ irrita-se, o pai das plantas, no apartamento transformado em estufa § raízes, ramos, folhas e flores fedendo a esterco § frutos e sementes e filamentos verdes entrelaçando-se, dançarinos — o triunfo da clorofila § o pai das plantas no apartamento dos seus sonhos § dos sonhos antigos do botânico que a família abortou

§ pra fazer com que ele mude de ideia, a mãe das aves terá de pôr a abertura de *Tristão e Isolda* no volume máximo, descer até o andar de baixo, invadir o apartamento do pai das plantas, abrir caminho por entre trepadeiras, samambaias, avencas, arbustos, parreiras, bromélias, ciclâmens simpáticos e cactos antipáticos, por entre suportes para vasos, tesouras de jardineiro e xaxins carismáticos, e beijá-lo ternamente § um beijo que só as mulheres prenhes sabem proporcionar § o mesmo beijo que inaugurou a história do casal, num dos jardins suspensos abençoados por dom Pedro II, o Magnânimo § um beijo de sete léguas, de sete palmos, de sete anos de idade § época em que todos os pais não passam de filhos

§ apenas um beijo, longo e rejuvenescido § um beijo, apenas § boca na boca, língua na língua, e mais de sessenta anos voando, velozes, pipocando diante dos olhos §

§ os olhos de Amanda, as asas § a interpretação dos sonhos § a traição de Tristão, de Isolda § o velho Wagner § os pássaros e as plantas § tudo será, enfim, lembranças de antigos amantes que se suportaram até o último minuto de vida

§ porém, dos olhos de Amanda, nem sinal

§ porque Amanda não telefona mais § não dá notícias § não quer que lhe digam o que fazer, o que vestir, como se comportar

§ porque Amanda se casou, abandonou a faculdade de Letras e deu à luz trigêmeos § um ninho só seu § porque a maternidade subverteu o tempo e o espaço § com os próprios filhos, a furiosa filha aprendeu a ver o mundo e a realidade com filtros renovados § pessoas, objetos, paisagens — da poeira nos móveis às estrelas da Via Láctea § Amanda aprendeu a ver tudo de novo § com asas, com olhos alheios, idênticos aos que um dia emprestara, a contragosto, para a mãe das aves

Homenagem a Troia

Flechas espadas na torre do jardim ela está ajoelhada diante da janela diante da planície à sua esquerda ele está de pé sobre os lençóis o outro está sentado está quieto moribundo.

Quem é esse homem voraz tão abatido pelo sofrimento?

Na torre do jardim ela está sentada suas pernas estão abertas dobradas ele está de pé diante da janela diante da planície o outro está deitado sobre os lençóis sob o corpo da mulher ora em cima ora embaixo ora na frente ora atrás.

Quem é esse homem que sem ser morto penetra o reino dos mortos?

Na torre do jardim ela está deitada ele está de cócoras o outro está de pé sem roupas sem sentidos sobre o corpo da mulher ela geme grita ele ouve vai volta o outro não diz nada está sentado sob os lençóis.

Por que estarão as tropas trôpegas correndo desbaratadas através da planície em direção aos navios?

Diante da janela na torre do jardim ela está de pé sentada sem roupas suas pernas estão abertas ele está deitado ao seu lado sob os lençóis ele não diz nada apenas sofre geme o outro geme sem sofrer.

Ele geme mas não sabe o que é isso é cruel mas não conhece a própria dor?

Na torre do jardim ela está de costas suas pernas estão abertas fechadas por que estarão correndo? à sua esquerda ele está ajoelhado o outro está de pé quieto moribundo entre árvores pensamentos diante da janela deitado sob os lençóis.

Existem guerreiros audazes existem guerreiros experientes mas guerreiros audazes e experientes não são fáceis de achar?

Diante da janela ela está de cócoras sem sentidos ajoelhada ele está sentado à sua direita em cima gozando quase caindo diante da planície ora na frente ora atrás o outro está quieto geme chupa não diz nada.

Para os exércitos o exercício de viver é bem menos importante do que o exercício de penetrar de conquistar de destruir?

Flechas espadas na torre do jardim ela está ajoelhada de pé diante da janela diante da planície à sua esquerda.

Uma velhota

Era uma velhota já bastante acabada quando abri a porta, boa tarde, ela me disse, boa tarde, respondi-lhe, estou vendendo doces e um bolo em fatias, foram feitos agorinha, agorinha, não quer um, seu rosto era redondo e vermelho, igual ao bolo fatiado que ela trazia dentro de um cesto grande, velho, velho, não havia nenhum sinal de doces ali, não, muito obrigado, agradeci, procurando fechar com delicadeza a porta antes que ela tentasse entrar à força, ela suspirou e não disse mais nada, mas fez uma cara triste, deu meia-volta e por um momento pensei que iria embora, mas não foi, encostou seu nariz no meu e gritou, desnaturado, não sei por que você sempre recusa, olha pra você, não come bem, quase não dorme, está emagrecendo a olhos vistos, está com um aspecto doentio, pensei em expulsá-la com um objeto qualquer, uma vassoura, um guarda-chuva, você mora sozinho, quando ela me perguntou se eu morava sozinho, não mora, logo percebi que esse era apenas mais um dos seus truques sacanas, seu pé estava muito bem colocado entre o batente e a porta, mamãe, eu gritei, já bastante irritado, para com essa encenação ridícula, ela sorriu, nesse momento não havia como fechar a porta, fazer o quê, deixei que entrasse, fomos logo pra minha cama, que sacudiu e gemeu horas e horas, acordamos tarde e as últimas fatias de bolo nós aproveitamos no café da manhã.

Senhor McPiffs

O senhor McPiffs é sem sombra de dúvida o homem mais bonito que eu conheço. Ele não é nem muito velho nem muito jovem, simplesmente tem a idade certa pra cada ocasião. Porém ontem ele sofreu um acidente e perdeu um olho. Pra ser mais exato, o olho direito. Mas isso não deve ser motivo de aborrecimento. Claro que não. Devemos sempre colocar a beleza espiritual de um cidadão — sua postura ética — acima de qualquer coisa, sempre. Contudo, além do olho, o senhor McPiffs perdeu também uma perna. A perna esquerda, pra ser mais exato. Mas na verdade isso também não é motivo suficiente pra que não continuemos a considerar o senhor McPiffs, se não o homem mais bonito da cidade, pelo menos um homem bonito. Ninguém é obrigado a ter todas as pernas pra ser bonito. Eu mesmo conheço um milhão de pessoas que não têm todas as pernas e são consideradas, bem... Eu diria *interessantes*. Mas o problema é que, além do olho e da perna, o senhor McPiffs também perdeu o braço. O esquerdo, pra ser mais exato. E uma orelha, nove dentes, o nariz e boa parte da nádega direita. Isso pra não mencionar o que aconteceu com seus testículos. Terrível. Mas numa comunidade civilizada, de gente civilizada, dentes, orelhas, pernas, braços e testículos não são as coisas mais importantes do mundo. O que importa realmente num cidadão, além de seu caráter, é sempre a maneira sensata, o jeitão como se desembaraça dos percalços do dia a dia — ou seja, sua inteligência. (Já dizia o filósofo: "O melhor dos símios é uma criatura abominável, ao ser confrontado com o gênero humano.") O problema é que o senhor McPiffs infelizmente é o sujeito mais imbecil que eu conheço.

Doce dilema azul de bolinhas amarelas

O homem baixo de cabelo negro, vestindo camisa amarela de botões azuis, chamou o guarda negro de cabelo baixo, vestindo camisa azul de botões amarelos, e disse:

— Por favor, policial. Aquela mulher azul de cabelo amarelo, vestindo blusa baixa de botões negros, xingou meu neto, Armando Lero, de *camisa rosa rebordosa*, por chutar o rabo (o furo entre as pernas) de sua cadela coxa, Ana Barbosa.

— Calma, meu bom amigo amarelo de cabelo baixo. Deixe tudo comigo. Eu cuidarei pessoalmente dessa Maria Carmela roxa de botões entre as coxas.

E o guarda negro de cabelo baixo, trajando fardão azarelo de botões amazuis, inquiriu a mulher não tão baixa de cabelo não tão negro, usando vestido não tão azul de botões não de todo amarelados, a explicar essa atitude baixa de conseqüências negras pra com o alto Armando Lero de sapatos andaluzes, vestindo cueca vermelha de bolinhas cor-de-burro (quando foge).

— Mas, seu guarda, acontece que o burro (quando foge de sapatos altos), trajando vários botões tipo Rolling Stones, não pode avermelhar a cueca negra de faixas azuis!

— Tem razão, madamezinha alta de cueca baixa, trajando burro amarelo de bolinhas azaluís. Aquele homenzarrão baixo de careca negra, vestindo vários botões vermelhos de camisa cor-de-burro (quando foge, mas se arrepende e volta), não pode defender seu neto camicase de camisa rosa, usando cabelo amarelo de azul negro.

E o guarda baixo de cabelo negro, fardando trajão amarelo de botões azuis, voltou até o homem azul de cabelo baixo, usando camisa negra de botões amarelos, e disse:

— Meu senhorzão, vou ter de prendê-lo por difamar aquela cueca vermelha de mulherzinha alta, usando Armando Lero baixo de camelos cor-de-burro (quando se arrepende de haver voltado e foge pela segunda vez).

— Ora, seu guarda. E os meus direitos andaluzes de cidadão alto, vestindo calção baixo de cabelo azul?

— Bem... eu... Eu... Bem...

Porém a mulher negra de sapatos vermelhos, usando vestido amarelo de babados caramelados, protestou:

— Exijo que o senhor, seu guarda burro (de QI baixo), ponha fim nesse dilema azul de bolinhas amarelas. Agora, ora!

Mas o homem baixo de cabelo negro, vestindo camiseta camicase tipo Luís XV, chamou o guarda negro de careca baixa, vestindo camisola azul de botões amarelos, e furiosamente diz-que-disse:

— *De gustibus et coloribus non est disputandum.* (Sabores e cores não se discutem.)

A mulher cheia de dissabores e rancores, xadrez de raiva da cabeça aos pés, urrou pra dentro reticências e indecências:

— ...

Sendo assim, o oficial de justiça (um desses guardas de bolinhas burras e cuíca azarelamazul) só pôde fazer uma coisa: faixa preta em trote e treta, prendeu a todos e a si mesmo em sua cela alta de grades negras, com paredes baixas e camelos vermelhos.

— De uma coisa eu tenho certeza. Não, senhor! Daqui nenhum burro fugirá até chegar a Páscoa.

O fantsama da máqiuna

[dez]

O primerio sintoma ofi a forte odr de cabeça. O segudno sintoma foi o deasparecimneto do meu teclado transvresal, do emu monitor ed cinco mil dólraes, da minha msea de acrílico made ni Japan § Olhei peal janela e noã me surpreendi ao preceber que não hvaia amis janela. Nme sala. Nem deifício. As psseoas continuvaam caminhando an calçada. Os crraos e os ônibus tmabém não hvaiam desaparecido ad avenida. § Mas o mudno não era masi o velho mnudo. Cacete, ãno era! Servi-me outra does de uísque e brinedi comigo mesom, tnitim, à encantaodra ilusão qeu governa nosass vidas.

[nov]

Que a realiddae é feita ed milhões de peqeunas peças sotlas, qeu a função do cérebor é juntar essas epças e organizar tood o quebra-caebça, disso ue não tenho dúviad. Juntar, organiazr. § Débora saiu od banho, enuxgou-se, chegou ebm perto e segurou mihna cabeça ocm as mãos enrugaads. A eterndiade desse gesto torto, brusco, epmurrou pra longe os móvies do emu quarto. A ciadde desapaerceu no horizotne. § O mar, atnes tão distatne, agora sacuida as pedras e a areia. Débroa segurou imnha cabeça cmo as moãs enrugadas e nós odis voltamos à oriegm do univesro.

[oit]

Dbéora saiu ad água, enxguou-se, chegou ebm perto e seguoru minha cabeça cmo as ãmos enrugadas. Seu beijo, assim de surpreas, foi a epça que faltava no uqebra-cabeça que nós dois tnato desejáramos ver montdao. § Antes que o ebijo terminasse, virie o corpo e me posicinoei sobre ela. Esgueriei a mão sbo o biquíni furta-cor, uqeria muito sentir sue mamilo lilás. Já ãno importava amis o sol, o mar ou os bahnistas cujos maimlos nunca foram lilases. § Eu só queria Déobra, só queira as coxas ed Débora, só qureia sua vulva matizada e cheirsoa fetio o arco-íris.

[set]

Apredna a amar em dze lições. Esse ear o título od livro que Dbéora jurou uqe estava escrveendo. Mas o trabahlo não prorgedia e ela já ãno fazia mais ideai de quando iria etnregar o original na editroa. § Aprenda a aamr em dez liçõse. Toods os reis ad Terra dariam metaed de suas posses paar saber amar, mesmo qeu pra isos tivessem que assistri a dez, vitne, cem aulas. § Todos os ries do plantea dariam a viad por uma úniac noite de aomr com Débroa. Na cama eal jamais repetai o mesmo vocabulároi, jamais lanaçva mão do memso conjunto ed posições, de moviemntos, de cheiros.

[sei]

Débora traga e a fuamça do baseado, em evz de se perder nso pulmões, atravessa tdoo o aparelho digestvio e escapa eplo seu rabo. § Eu abandnoo momentaneamente seu lcitóris envernizaod e aspiro a borda desse escapamneto recendendo a incenso. Tduo é vida, tuod é pulsação. Yabba dabba doo! Noã há tristeaz nem melancolia nsese sofá incandescente que pisca-picsa feito lâmpada ocm crise de asma ou ed identidaed. § Dbéora traga daus, três, qautro vezes, ela trgaa e tudo ao onsso redor rveela a sua verdaderia natureza matemtáica, a sua vibratne matriz numéirca.

[cin]

Coom ter certeza ed que as epssoas que não estaoms vendo existem msemo? Esse garoot aí, de boné larajna. Olha só, lee acaba de dobrra a esquina. Como ter ecrteza de que eel simplesmnete não foi retiraod de cena e joagdo no arquivo morto od supercompuatdor que chamaoms de Realidade? § As vozes na secretárai eletrônica, opr exemplo. Fantasams? Criaturas esm corpo, ed outra dimensoã? § Como etr certeza de uqe Débora de fato eixste? Sonho? Ilusoã? Débroa de fato xeiste? Sempre existiu? Memso quando eu fechaav os olohs, o orgsamo sacudindo o prédio?

[qua]

Dobrei a esuqina atrás do garoot de boné laranaj, ele não estaav mais lá. Ouvi vitne vezes o recaod deixado an secretária eletrôncia: "Ontem ãno significou nada rpa mim. Se tiver o míniom de amor-próprio, noã me procura mais." § Telefoeni para Déboar. Atendeu um homme, a voz ear a mesma ad secretráia eletrônica. Eu dises que a amvaa, que não opdia viver esm ela. Ele pediu mu minuto e reeptiu minha mensaegm para Déobra. § Repetiu-a, suponho, usnado a linguaegm de sinais. A única que a minha amaad, surda-muad desde semrpe, era capaz de compreedner.

[trê]

O amor e a paiãxo são só palavars. Que é o aomr? Que é a apixão? Plaavras, palvaras, palavrsa. Que desapareecm, que soã arquivadas quadno não estamos pensanod nelas. § Como aamr alguém de outor país, de outro plantea? Alguém uqe domina uotro idioma, outro vocabuláiro, como amar? § Tetnei aprender a linguaegm de sinais, tentei amra Débora também ocm as minhsa mãos. Sem sucesso. Minahs mãos não querima desenhar palavars. Elas só uqeriam tocar e estimulra o corpo de Dbéora. "Isso ãno é amor", ela sinaliozu depois od gozo. "É só seox."

[doi]

Todos os arquiovs do meu computdaor foram apaagdos, mas opr quem? As foots enviadas pro Débora, suas emnsagens, tudo apagaod. Telefonei rpa sua casa, a ocmpanhia telefônica me aviosu que "o númreo discado não exiset, favor consulatr a lista". § Revirei emu apartamento e ãno encontrei evstígio algum ed Déboar. Os nossos amiogs comuns? Eles simplesmetne não se lembraavm dela. § Vasculehi a internet e naad. Os surdos-mduos estavam esndo eliminados da realiadde. Alguém suopstametne perfeito, enm surdo nem umdo, recriava o mnudo à sua imaegm e semelhança.

[hum]

Subitametne um sorriso de gaat safada materializa-se na minah frente, sem rotso nem corpo, só láibos, dentes e língua, chamadno: "Vem comgio." Estremçeo. § O sorrios se aproxima e me beiaj. Reconheço esse saobr: "Débora?! Mas ocmo..." "Vem comigo." "Pra odne?" "Para a onssa verdadeira dimensão. Oned não há lzu, som, cheiro ou desgotso. Onde ningéum é surdo, muod, cego, manco, cardícao ou sonso." § Primeior os braços, deopis as pernas, o tórax, a acbeça: desapareço apra sempre, deixadno atrás ed mim só as rouaps, só as sobars de minha antiag realidade.

[zer]

O primerio sintoma ofi a odr de cabeça. Que a realiddae é feita de peqeunas peças sotlas, disso não tenho dúviad. Dbéora saiu ad água e seguoru minha cabeça cmo as ãmos enrugadas. Apredna a amar em dze lições. § Débora traga e a fuamça do baseado escapa eplo seu rabo. Coom ter certeza ed que as epssoas que não estaoms vendo existem? Dobrei a esuqina, o garoot de boné laranaj não estaav mais lá. § O amor e a paiãxo são só palavars. Todos os arquiovs foram apaagdos, mas opr quem? Subitametne um sorriso de gaat safada materializa-se na minah frente: "Vem comgio."

Encanador

— Não se deve usar tinta solúvel em comunicados ao Departamento de Águas e Encanamentos.

Mister Bronz, o encanador, mantinha à sua disposição uma fileira de cães muito bem treinados pra serviços dessa espécie. Mal entravam numa residência e imediatamente descobriam e assinalavam, com um jatinho de mijo, todos os pontos onde um possível vazamento iria acontecer. Faziam isso saltitando, com dedicação e louvor.

Logo os reconheci. Quando abri a porta pra eles, correram pelo tapete, formaram uma fila dentro do quarto e, com os focinhos sempre atentos, indicaram um ponto qualquer na parede. O menorzinho deu uma mijadinha. Mister Bronz, sem muita demora, entrou em seguida e como recompensa atirou-lhes biscoitos.

Pouco depois, as ferramentas.

Max Bronz — sim, eu sei, um nome bastante áspero, diria até arenoso demais pra alguém que passa boa parte do tempo misturado com a água — abriu sua caixa de ferramentas e, com o dinamismo que a profissão lhe exigia, examinou o local. Inútil questioná-lo — uma demonstração espetacular de agilidade e vigor! Todavia, tentei mostrar-lhe que os cães estavam errados. Disse-lhe que o vazamento não era nesse aposento, não, não, não, mister Bronz, mas a dois metros dali, no cômodo ao lado. No banheiro.

Próximo da privada, bem na parede da esquerda, uma mancha vigorosa, clara e úmida escorria até o chão, formando um córrego de quase vinte centímetros, um pouco menos, talvez. Desse lugar descia água suficiente pra arrastar tudo ao redor. Pequenos objetos meus, de uso pessoal — óculos, meias, escova de dentes — nesse momento já estavam sendo carregados pra fora do apartamento.

— Não, não, não, não, não, não. Não está vendo? É aqui, olhe.

Mister Bronz e os cães, no entanto, não estavam muito convencidos.

Mostrei-lhes com o indicador nervoso a parede, mostrei-lhes os objetos, pobrezinhos, que iam navegando e caindo dentro de um grande ralo já quase entupido.

— Senhor, por favor! Senhor encanador, eu sou um homem cansado. Trabalhei toda a minha vida e agora sofro dos nervos. Não durmo à noite, tenho medo de tudo. Não suporto goteiras, pinga-pingas, vazamentos de nenhuma espécie — disse-lhe com muita calma e parcimônia. Não queria ofendê-lo. Ao mesmo tempo, pensava lá com meus botões que no futuro, ai, ai, seria necessário comprar outro par de óculos.

Enquanto tentava convencê-lo, a fileira de cães, desconcertada, voltou-se na minha direção e rosnou. Quase mijei nas calças. Mister Bronz farejou minhas palavras, mas não me pareceu convencido. Pude perceber isso pela maneira como me olhava.

Max Bronz, santo Deus!, era um rústico homem do campo, infantil e truculento. Gordo, cabelo rente à testa, dificilmente passava um dia inteiro em completo silêncio. Apreciava as bebidas fortes e os salões infames. Pelo menos era do que ele mesmo se gabava. Homem de natureza belicosa, estava acostumado a homenagens regulares, de natureza sexual, ora com homens, ora com mulheres, e nesse momento, furioso, segurava com as duas mãos, bem rente aos olhos, meu comunicado ao Departamento. Por um instante, pensei que ele iria mastigá-lo. E cuspir em minhas fuças.

— Não se deve usar tinta solúvel em comunicados ao Departamento de Águas e Encanamentos — foi o que ele me disse, com um olhar severo, andando pelo quarto.

Repliquei-lhe que sim, que naquela mesma manhã eu estivera em meus aposentos, em minha mesa, justamente redigindo um minucioso comunicado, quando — caralho, numa instituição de repouso com uma mensalidade tão extorsiva, o mínimo que se poderia esperar de suas instalações seria um pouco mais de conforto e segurança, só um pouquinho mais, afinal, ninguém se recolhe a uma instituição dessas por livre e espontânea vontade — ao fim do comunicado percebi, na parte de cima da folha, uma mancha azul — putaquipariu, justamente uma mancha azul, bem no início do parágrafo — que não era outra coisa senão a própria tinta da caneta, escorrendo folha abaixo. Qual não foi a minha surpresa ao ver que, do teto, uma poça dágua gotejava sobre o papel. Imediatamente liguei para a portaria. Gostaria de falar com o senhor zelador, eu disse à voz metálica que me atendeu. Dois minutos mais tarde, um sujeito muito, muito jovem e orelhudo entrou em meus aposentos e, sendo ele o zelador, ligou a tevê, como sempre fazia ao entrar nos apartamentos, e nos pusemos a conversar. Perguntou-me qual era o problema, e enquanto falava — macacão azul-marinho, bochechas cianóticas e boné azul-piscina sobre as sobrancelhas azuis-turquesas —, aquele par de orelhas movia-se pra cima e pra baixo. Encarei-o firmemente — suas orelhas eram muito engraçadas — e lhe disse que tudo aquilo não passava de um grande absurdo. De qualquer forma, meu senhor, nada que um balde não possa resolver, pelo menos por enquanto, não é mesmo?, respondeu-me. Contei-lhe sobre a carta manchada. No entanto, a poça d'água já não estava mais no teto. Abrimos a torneira da cozinha, a água não saiu. Abrimos a torneira do tanque e a do chuveiro, nada. Abrimos a portinha do registro geral e removemos a tampa de alumínio e não havia o menor sinal de irregularidade. Ele então me informou que, de qualquer forma, chamaria o encanador, depois amassou a carta, fazendo com ela uma bola, enfiou-a num bolso furado e desapareceu, não pelo elevador, mas pela escada. Haverá situação pior do que esta?, perguntei a mim mesmo naquele momento. Nem ao menos sei, em meu próprio quarto, que porra está acontecendo. Meio minuto depois — surpresa! —, havia muita água sobre o tapete, dentro do criado-mudo, em cima da cama.

Mister Bronz me olhava com olhos de sabujo. Eu lhe dizia tudo, tudinho, de um só fôlego, e a fileira de cães, focinhos em riste, dentes à mostra, estava agora à minha volta. Sem poder me controlar, empalideci. O ar acabou. Estava quente e minha cabeça doía. Os cães me vigiavam com curiosidade. Teria eu deixado escapar alguma coisa fora do normal? Malditos perdigueiros!

Mister Bronz quebrou o silêncio, tirando da caixa de ferramentas um estetoscópio e um abaixador de língua. Focinho em riste, examinou-me primeiro a faringe, depois o coração. Em seguida, movendo a mão num gesto médico, elaborado, mas sem ânimo, tentou me reconfortar:

— Homessa! Não nos apressemos. Você está com uma leve amigdalite. Evite pisar no molhado e não use meias úmidas. Alea jacta est! Amanhã cedo, antes do galo cantar três vezes, todos nós iremos dormir tranquilos. Fique sossegado.

Isso não me cheirava a boa coisa. Aquele homem, os cães — aliás, o cheiro de cachorro sempre me foi insuportável —, pensei que o melhor seria não contrariá-los, pelo menos não nesse momento.

Então o show de variedades teve início.

— Tragam minhas coisas, cachorrada. Não temos tempo a perder.

O fanfarrão entrou no corredor carregando apenas o barrigão, enquanto um dobermann arrastava a caixa de ferramentas. Perto do elevador, todas as paredes estavam levemente úmidas. Max Bronz deu tchauzinho pra mim. Seus dentes de pirata sorriam um sorriso largo, satânico. A cabine do elevador chegou.

No térreo, antes que a porta se abrisse totalmente, ele foi logo apontando os cavalos que o aguardavam, inquietos, pastando, de um lado, a toalha da mesinha de centro, do outro, o tapete vermelho.

— Eles também vêm comigo.

Max Bronz relinchou, pegou as rédeas e retirou sua carroça de dentro do hall, lançando esterco por toda parte, passando mais uma vez por cima do tapete e de algumas plantas ornamentais. Antes que desaparecesse por completo, trepidando no fim do quarteirão, ouvimos novamente sua voz de asno:

— Trarei reforços, meus queridos. Não se desesperem. Desta vez não seremos pegos de surpresa. Eia! Sus!

+ + +

Na manhã do espetacular dia seguinte, acordamos, o edifício, os enfermeiros, os demais pacientes e eu, mergulhados na mais pura e cristalina água.

Chovia, e a chuva entrava pela janela e inundava as escadarias e os corredores. Minha cama flutuava. Alguns objetos de madeira seguiam o curso da correnteza, que caía dos degraus para o poço do elevador.

Ainda em mangas de camisa, nadei até a cozinha e tentei me agarrar à tábua de carne. Olhei ao redor, à procura de algo mais sólido em que me apoiar. Grandes pedaços de reboco, assim como um bom número de coisas menores — panelas, copos, livros, peças de vestuário —, começavam a escorrer de forma lenta, mas irrefreável, para a boca do elevador. Segundos depois, quase tudo ia desaparecendo, num soluço rouco, garganta abaixo.

Isso me preocupou.

Imediatamente a janela do escritório se abriu e — quem mais poderia ser! — Max Bronz, num bote salva-vidas, entrou remando com vigor, passando ao lado da estante e da escrivaninha.

— Bom dia, companheiro. Reaja! Não amoleça o corpo, senão o redemoinho engole você. Venha, me dê sua mão.

Eu estava mergulhado até o queixo. Mirando a janela do escritório, o zelador — era a sua voz aguda, não havia dúvida — gritou-nos, e quase pude entrever suas divertidas orelhas:

— Aqui em cima, cavalheiros. No terraço. Estamos esperando um helicóptero.

Já era tempo de sair, pois o apartamento estava ficando cheio de aves e outros animais que iam caindo dentro dele, desastradamente, através da janela. Havia um pato e um dodô, um papagaio e um frango-de-lagoa, um mico-leão-dourado, um gato e um rato, e várias outras criaturas curiosas, de penas e de pelos. Tomei a frente por cima da mobília e cheguei no bote. Remamos pra fora — o nível da água subia rápido — e imediatamente todo o estranho grupo selvagem nos seguiu para o terraço.

Era um belo dia de verão. Mesmo assim, devido às nuvens, não se enxergava muita coisa à meia distância. Na escuridão que se adensava, acendemos uma fogueira, o encanador, eu, o zelador e todos os demais funcionários e pacientes da instituição.

O encanador amarrou seus cães próximo a nós, na base da antena de tevê. Teríamos que esperar muito tempo pelo helicóptero, talvez duas ou três horas, avisou-nos o zelador, orelhas ao vento. Mister Bronz, então, foi categórico:

— Venham aqui, todos. Vamos dançar uma quadrilha. Vamos secar nossas roupas à maneira indígena: ao redor do fogo.

Roda, roda, roda, pula, pula, pula, agacha, agacha, agacha. Dançamos durante muito tempo. Esfalfados, nos sentamos na laje fria, formando um círculo.

— Rapaz, isso foi intenso! Me emocionou demais. Mereciamos um troféu, pela corrida.

Max Bronz, alegre e bonachão, claramente por falta de assunto, explicou-nos como planejara passar as férias de verão na Lua ocidental, mais precisamente na estância mineral de Franzensbad, longe desta cidade e do tumulto, se bem que, naquele momento, nossa cidade, do jeito que estava, quase totalmente submersa, pareceu-me a imagem mais completa do que poderia ser o Mar da Tranquilidade.

Nos prédios mais altos, não de todo submersos, alguns apartamentos mantinham as luzes ainda acesas. Nada poderia parecer mais acolhedor. Mas estavam muito longe, quase invisíveis na garoa modorrenta. Por isso, no escuro, novamente molhados e com frio, subimos até a ponta da antena mais alta, de onde se avistava um mar de nuvens e de pequenas ilhas luminosas espalhadas por toda a extensão das águas.

Tudo isso estampou em nossa imaginação a possibilidade — remota, eu sei, porém plausível — de um evento bíblico. Um velhinho do nosso grupo, talvez abalado pelos acontecimentos, durante a quadrilha, pensou ter visto Noé ou Moisés entre nós. Mas não... Não era Noé nem Moisés. Era outro velhinho, também barbado e ansioso, aposentado, paciente do apartamento 1014. Rapidamente tudo ficou esclarecido.

Então, vencidos alguns obstáculos do momento, voltei-me pra falar com Max Bronz. Ele, no entanto, parecia não ser mais o mesmo. Estava muito angustiado. Toda a sua força e alegria haviam desaparecido. E por um instante curto, por todo esse instante terrivelmente abstrato e curto, mister Bronz, o bom e velho Bronz, ficou roendo e remoendo seus muitos pensamentos, em silêncio. Não, muitos não... Havia apenas um pensamento martelando sua cabeça. Nele, somavam-se terror e êxtase. Pois bem, nesse instante instantâneo, Max Bronz, segurando o estetoscópio com as duas mãos — tudo não levou mais do que um segundo —, reconheceu que, durante toda a vida, o que realmente dera sentido a toda a sua magnífica vida havia sido esse terror sublime e inadequado de que um dia morreria afogado. Afogado! — ele gritou. Diante da paisagem quieta e azul-escura, apenas isso. Durante toda essa fração de tempo: o medonho medo. O pavor pânico da água. Porque mister Bronz — ele mesmo logo me confessou, em particular — não sabia se, quando a situação exigisse, seria capaz de nadar.

Mas tudo ocupou apenas um instante, dos mais curtos e compactos.

Em seguida, a carruagem e os cavalos tomaram conta dos seus pensamentos. Max Bronz havia esquecido no hall do edifício, a trinta metros sob nossos pés, a maldita parelha, os magníficos cavalos emprestados por sua mãe.

Enquanto eu digeria essa má notícia, ele gritava bem alto, merda, merda, merda, quatro, cinco, vinte vezes, com toda a força dos pulmões, como um cachorro voltado pra Lua ocidental, sem conseguir se conter — gritava merda, merda, merda, simplesmente pela necessidade de gritar, como poderia ter gritado Deus, Deus, Deus, ou qualquer outra palavra.

— Que tal se voltássemos para o terraço e esquecêssemos essa palhaçada?! — por fim ele resmungou. Estava de muito mau humor. Sim, nessa hora nada seria capaz de fazê-lo rodar e pular e agachar. Nem mesmo suas lembranças mais dançarinas, mais preciosas, eu suponho.

Descemos devagar, com medo de que a antena não aguentasse todo o nosso peso. Bronz, visivelmente contrariado, ainda soltou um: porra, que palhaçada!, acercou-se da fogueira e não disse mais nada enquanto viveu.

Baile de máscaras

Zacarias Sepúlveda Bezerra, alfaiate, recebeu o convite em sua casa — um sobrado caindo aos pedaços, localizado num dos piores bairros da cidade —, onde morava com a mãe, velha detestável, manca e diabética. Os olhos do mensageiro não desgrudaram dele, enquanto Zacarias segurava com dedos flácidos o papel:

— Que merda é essa?

— Esteja lá às oito em ponto. Não se atrase.

Um baile de máscaras.

— Mas hoje é Natal!

— E daí? Esteja lá às oito em ponto. Não se atrase.

Duas horas depois, Zacarias pegou o terno que acabara de confeccionar para o melhor cliente, a cartola e a bengala que foram de seu pai, e a máscara que ele mesmo, Zacarias, alfaiate, costurara às pressas apenas para o evento. Uma carranca horrenda, parecida com as usadas por pigmeus africanos em rituais de feitiçaria.

— Que tal?

A mãe, vestida de Papai Noel, tirou os olhos da tevê, mediu o filho e cuspiu de lado.

— Você está a cara do prefeito — foi a única observação que ela, criatura odiosa, fez, antes de voltar a enfiar os olhos na tela prateada. A velha havia cuspido de lado porque não gostava do prefeito. Também não gostava de gente fantasiada de Papai Noel. Mas ainda não sabia disso.

Ao chegar ao baile, Zacarias percebeu que tudo não passava de uma armadilha. Uma armadilha de Natal.

— Você será enforcado, canalha dos infernos! Como tem coragem de aparecer aqui depois do que fez?

— Eu não fiz nada. Fui convidado. Deixem-me em paz.

Dezenas de máscaras o cercaram:

— Facínora!

— Assassino!

Quem regia a saraivada de insultos era justamente o prefeito, que por coincidência também se chamava Zacarias Sepúlveda Bezerra. Além disso, Zacarias Sepúlveda Bezerra, prefeito, usava uma máscara que lembrava bastante o rosto de Zacarias Sepúlveda Bezerra, alfaiate.

— Tragam uma corda. De hoje esse sujeito não passa.

Havia muitos homônimos no salão, visto que todos os presentes, exceto os do sexo feminino, se chamavam Zacarias Sepúlveda Bezerra.

Dois dias antes, o prefeito com cara de alfaiate tinha violentado e estrangulado, em seu gabinete, um garoto de doze anos. Um garoto fantasiado de Papai Noel. Por isso o alfaiate com cara de prefeito estava sendo levado, contra sua vontade, até uma forca montada de uma hora pra outra no fundo do salão.

— Me soltem. Vão tomar no cu!

O alfaiate esperneou e distribuiu sopapos a torto e a direito. A multidão mascarada se afastou por um instante, depois o engolfou:

— Maníaco! Sodomita!

No chão coberto de confete e serpentina, a cartola, a bengala e o convite um pouco amarrotado.

— Meeeeee sol... teeeeeem...

Enforcaram-no ao som de *Noite feliz*. O corpo, já sem ânimo nem cor, ainda estrebuchou durante três ou quatro segundos. Quando a máscara caiu, todos viram que não era Zacarias Sepúlveda Bezerra, alfaiate, mas sua velha mãe.

— Escapou mais uma vez, o depravado.

Atiraram a velha pela janela e deram prosseguimento ao baile, que, apesar dos dois linchamentos posteriores, ambos transmitidos ao vivo pela tevê, não foi tão espetacular quanto os bailes do Natal passado, em que o número de justiçados, de crianças violentadas e idiotas fantasiados de Papel Noel havia sido bem maior.

Dia dos prodígios

1

João-ninguém, eu? Moleque filho da puta, se te pego... Corre, desgraçado. Te acerto na próxima. Esses fariseus são escorregadios feito um cagalhão de Lúcifer... Como pode ver, não me resta muita coisa: a miséria me ama. O futuro, então. Medonho! Antes tivesse me enfiado nos andrajos de João Batista. Quem sabe não teria recebido uma moeda ou duas — os anjos adoram dar esmola aos débeis mentais, não me pergunte por quê. Esperei tanto por este dia e ele amanhece assim tão negro. Dia maldito, infame, humilhante, odioso! Tenho consciência do que fiz e não me arrependo. Só os tolos têm medo da morte lenta e dolorosa ou da insanidade irreversível. Vê o sol atrás das montanhas, sente o cheiro do pasto, das ovelhas e da bosta das ovelhas? Não fui eu quem criou tudo isso, tampouco fui eu quem impregnou de cheiros o sol, o pasto, as ovelhas, a bosta das ovelhas e tudo o que há de mais hediondo na terra. O cheiro de Deus? Você quer mesmo saber do cheiro de Deus?! Conheci dois idiotas que foram ao deserto apenas pra identificar, dentre todos os perfumes possíveis, o do Senhor Supremo. Mas Deus fede mu-mu-muito e nenhum dos dois voltou, na certa fulminados pela putrefação divina. Desde que o mundo é mundo o olfato erra por fossas pestilentas. Por falar no mundo, não sei o que prega tua cartilha, mas a minha diz que nosso Criador o planejou e executou em seis dias. No sétimo, descansou. Esse, o verdadeiro dia dos prodígios: o dia em que o Incansável — esfalfado, necessitado de um bom banho — descansou! Nem isso a dupla de parvos constatou quando se perdeu no deserto, entretida que estava com a catinga-miasma do mundo recém-criado. Perderam-se os dois, no bodum eterno. O que você disse? Ah, sim. Eu também já fui ao deserto. Agora me lembro, como pude me esquecer disso? Quando criança. Escapei dos olhos de minha mãe, pulei a janela do quarto, dei a volta na casa e desembestei na direção das dunas de areia. Foi a primeira vez que entrei em contato com a insanidade. Não, a segunda. A primeira foi quando nasci. O deserto, meu amigo, não é só a confluência de todos os vazios: os da alma e os da vida. É também o único local onde Deus grita com os homens. Nas casas e nos templos Ele apenas sussurra. Chega a ser irritante essa insistência, por parte do Todo-Poderoso, em não erguer a voz nos ambientes fechados. Medo de quê, meu Deus? De explodir tímpanos e paredes? De fazer tremer a Ásia e a África, a terra plana e a esférica?

Em Sodoma e Gomorra Ele não teve receio algum, por que teria agora? Eu não tenho muita certeza, mas desconfio por quê. Apenas desconfio... Essa, a ironia da história toda — de toda a História. O único que sabe a resposta é o filho de Zebedeu, ninguém mais. Nem José nem Maria nem Paulo nem os sete sábios da Macedônia. O filho de Zebedeu sabe. Mas não diz. Já perguntei a ele mais de cem vezes. Não diz, e também não diz por que razão não quer dizer. Não adianta. Estou te falando, não adianta. Não diz nem sob tortura, o patife. Se estou te falando... Eu mesmo o torturei, e mais de uma vez. Tenho cá os meus métodos. Gritou, esperneou, sujou as pernas de mijo e merda, mas não abriu o bico.

2

Sete vezes eu insisti que revelasse o segredo de Deus, sete vezes ele se recusou. Não gosto do número oito, por isso não segui adiante. Do nove? Agora que você falou, sim, do nove eu gosto, e também do treze. Número de sorte. Mas percebe que pra chegar ao nove a gente tem que passar pelo oito? Compreende o absurdo da situação? Tive de suportar os gemidos do velho seis vezes seguidas pra atingir a sétima — ah, não! eu não agüentaria mais uma sessão de sangue e choro. Nem pelo nove, muito menos pelo treze. Se não entregou o jogo em nome do sete, número que ele também parece prezar mais do que tudo na vida, não será em honra do nove ou do treze que irá mudar de ideia. Teve uma hora que, sabe o que ele me disse? Que não adiantava nada eu tentar mover as montanhas da Galileia ou querer fazer chover fogo nos desfiladeiros da Samaria. "Você jamais será o portador das revelações que Ele reservou pra todos nós", foi o que o filho de Zebedeu me disse. Perguntei-lhe: "Por que não? Só porque não me chamo João?" Ele respondeu: "Você tem olhos em excesso nessa cara imunda! Deus não proporciona visões a quem vê demais sem enxergar." Juro que essa observação mexeu comigo. Afinal foi como se ele, apesar de amarrado, tivesse erguido o indicador pra mim e apontado a diferença significativa que há entre nós dois, que sempre houve entre nós dois, da qual eu não me dera conta. A diferença que pode explicar tudo: a chegada do Messias, o fato de, apesar de meus esforços, eu não ter sido escolhido apóstolo, a crucificação e a castração. Quer dizer, a castração e a crucificação, uma vez que o castraram muito antes de crucificar. Não sabia? Foi isso mesmo. Eu estava lá. Não na cela em que aliviaram o filho famoso do carpinteiro, ele mesmo, das bolas e do pau que o mantiveram atrelado, enquanto viveu, aos clamores da carne e da vida terrena. Claro que não. Mas também não muito longe dali. Subornei duas sentinelas, que me mantiveram a par de todos os detalhes da prisão do suposto rei dos judeus. "Você tem olhos em excesso! Deus não proporciona visões a quem vê demais sem enxergar." Amordacei o velhote e saí do quarto. Precisava de ar, de luz. De horizonte a horizonte, o violeta de um imenso teto de nuvens baixas, em forma de gigantes... Os raios do sol, circulares, magníficos. Em minha vida eu nunca havia visto um céu como esse. Meu coração quase parou. Pensei antever na dança da realidade o espectro volumoso de todos os profetas. Foi um momento sublime, até que voltei a mim: "Então é isso?", pensei, meio apatetado, "O filho de Zebedeu foi escolhido pra receber... Por Cristo! Ele foi escolhido pra receber a revelação — a Revelação — só porque, caralho! Só porque é cego?! Que brincadeira estúpida." Por pouco não voltei ao quarto e dei fim no desgraçado. Que insolência, insinuar que somos todos inferiores, que eu sou inferior a ele, apenas porque temos, tenho, olhos demais! "Tem que haver uma saída", eu pensei. "O tempo está se esgotando." Voltei, agachei num canto do quarto e comecei a matutar. "Tem que haver um jeito".

3

Quando vi que o filho de Zebedeu, apesar de completamente amarrado, apesar dos flagelos que eu lhe infligira, dormia o mais doce dos sonos, fiquei puto da vida. Putíssimo! O cordeiro, na tarde em que será sacrificado, não pode dormir melhor do que o pastor e seu cutelo. Se o lobo está à espreita, por que o rebanho não abre um olho que seja? O dia já não ardia, em breve os sermões do meu cordeiro também não mais arderiam. Peguei a faca da cintura e fui em sua direção, sem fazer barulho. "Você tem olhos de menos, mas uma língua demasiado grande pro meu gosto. Vou corrigir esse defeito." Apertei-lhe as bochechas e, no instante em que a língua pulou pra fora, agarrei-a. O velho acordou e começou a se sacudir. "Você fala demais", eu gritei, "mas não diz o que eu quero ouvir! Me conta de uma vez, do que Deus tem medo? De quem Ele tanto se esconde?" A língua serpenteava entre minha mão e a boca inteira babada. Toquei-a com o fio da lâmina. O velhote pôs os pulmões pra trabalhar. Seus olhos apagados, brancos feito pérolas, quase saltaram das órbitas. Tentei ignorá-los, mas o fedor de pânico que exalavam fez com que eu perdesse o equilíbrio e caísse de costas. Bati a cabeça, gemi de raiva. O ar ficou irrespirável. Você já esteve num calabouço, ou mesmo numa prisão comum? Dessas em que há até anjo decaído misturado com o rebotalho da humanidade? Acredite em mim, não dá pra ficar um terço de um dia sem desfalecer. A fedentina nasce do próprio horror em decomposição. Fechado no quarto com o filho de Zebedeu, eu já estava havia uma semana — sete dias inteiros, somente ele e eu, nessa catacumba com o cheiro azedo de aposento nupcial. O velhote, nesse meio tempo, não profetizara um evento sequer. Pensei em mil maneiras de pôr fim à sua vida, pois já estava farto dele e da determinação com que defendia os interesses do Todo-Poderoso. Mas não tive forças pra levar a cabo nenhuma delas. Acendi uma lamparina, e esse gesto — na hora, mecânico — me fez ver que o oitavo dia estava prestes a se iniciar. A ordem natural do universo não podia ser maculada pela quebra da pureza do sete. Por isso decidi soltá-lo, o filho de Zebedeu. Por causa disso e do desejo que começava a sentir por ele. Desejo que ia muito além do meramente carnal, se é que me entende. Que carrasco nunca se apaixonou por sua vítima? Que algoz nunca impôs amor absoluto à criatura indefesa que teve à sua mercê, antes da execução? O filho de Zebedeu — à luz da pequena chama, eu soube que o amava. E soube que ele também sentia por mim algo tão mórbido quanto o que eu... Algo tão alheio às engrenagens celestiais quanto o que eu sentia por ele. A respiração fora de controle, as axilas muito úmidas, o medo, a repulsa, o tesão, não é isso o amor? Por isso decidi soltá-lo. O filho de Zebedeu, traste imprestável! Entre a tomada de decisão e o movimento de pegar a faca caída ao meu lado — mais do que o nó da língua, era o da corda que o prendia que eu devia cortar — passou-se uma fração de tempo suficiente pra que outra resolução muito mais séria fosse tomada.

4

Foi o velhote quem propôs: "Toma meu lugar", e disse isso com a voz tão fraca que no início não assimilei o sentido da proposta. Já começava a cortar a corda quando ele repetiu, agora com mais força, cuspindo e se sacudindo: "Toma meu lugar. Não posso te dizer nada, não posso... Nada. Não posso revelar uma só visão a quem quer que seja. Mas se estiveres em meu corpo e eu no teu, pelo amor de Deus! Se estiveres em meu corpo... Tudo se resolve. A revelação será tua." Cegos também choram, mas as lágrimas não se parecem com as nossas. São mais cristalinas, menos densas. Essa constatação, feita logo no primeiro dia de cativeiro, me impressionou tanto quanto a sugestão de que passássemos a perna no Todo-Poderoso. Ou, mais provavelmente — Deus não é tão onipresente quanto se imagina —, no burocrata por Ele nomeado pra chefiar o Departamento de Visões e Revelações. O filho de Zebedeu achou que eu... Veja só que ironia: ele achou que eu fosse enterrar a faca em suas costas, quando na verdade eu estava prestes a libertá-lo! Não é de rolar de rir? Vê como a ideia não foi minha?! Não faz nem doze horas que nos separamos. O quê? Aonde foi o velhote? Para o deserto, talvez – estava muito ferido. Ou pra Jerusalém. Ou pra Betsaida, a fim de morrer entre os seus. Como posso saber? Não vejo o que eu quero, só o que Ele me mostra. Agora sou eu o filho de Zebedeu. O outro não me interessa mais. Nem a mim nem a Ele. Fizemos um acordo que foi selado com sangue e lágrimas. Um acordo dos mais sagrados. Nada, nem acima nem abaixo da superfície da Terra poderá desfazê-lo. A partir de hoje me chamo João, enquanto o outro perdeu o direito de usar o antigo nome. Como eu me chamava, antes? Que diferença isso faz? Melhor enterrar junto com o resto do meu passado. Agora sou o judeu João, irmão de Tiago, filho de Zebedeu. Agora sou o judeu João, apóstolo do Emasculado. Ou do Crucificado — como preferir. Da porta deste abrigo aberto na pedra — jamais chamei isto aqui de casa — eu vejo o mundo com olhos renovados. Aquele ceguinho, ao me passar sua condição de visionário, me introduziu no círculo do Senhor Supremo. É certo que fez isso, bem... Sem que me fosse concedido o menor direito de escolha. Sou uma espécie de marionete, entende? Não decido o que eu quero ver, simplesmente assisto ao que deve ser visto. Os horrores do amanhã, a grande Revelação... O quê? Que foi que você disse? Acha que sou idiota, que não percebo as coisas?! É claro que o velhote conhecia minha verdadeira natureza. Víbora, eu? Criatura dissimulada? Olha, porque gostei bastante de você vou relevar essa ofensa... Sempre fui hospitaleiro com gente de fora. Você devia se esforçar pra merecer meu respeito. Não, o filho de Zebedeu não me insultou em momento algum. Víbora sub-reptícia? Não. Sem insultos. Nem depois de sentir o cheiro da encenação toda. Mais tarde, acho que no terceiro ou no quarto dia, ele me confessou que percebera pelo meu suor — pela sua impureza, pelo seu odor — que eu não era quem dizia ser. "Te reconheci logo que nos encontramos pela primeira vez."

5

“Então por que, diabos, caiu na armadilha? Por que não me entregou às autoridades, ao próprio tetrarca?”, foi a pergunta que lhe fiz. “Porque imaginei que teus propósitos eram outros.” Vê a fraqueza e a franqueza dos homens de bem? Esses imbecis percebem o embuste com certa antecedência, mas se deixam enredar assim mesmo. É... E daí? Foda-se. O que importa é que agora estou aqui à espera das revelações que, se não me pertencem por direito, deverão me pertencer por meios tortos. De uma coisa pode ter certeza: estarão em boas mãos. E você, viajante, que se vangloria de conhecer cada canto do mundo, senta do meu lado e espera. Diferente do filho de Zebedeu, não serei mesquinho com os amigos. Pensando bem, nem com os inimigos. O que eu vir, pela minha boca outros também verão. Senta do meu lado e se prepara. Sabe ler e escrever? Aliás, o que você traz aí no teu alforje? Tem com que tomar nota? Então, não desgruda de mim. Copia tintim por tintim o que eu falar, por mais absurdo que pareça. Se eu torcer os olhos, arrancar os cabelos e me atirar no chão, não se desespere. Nada de pânico. Continua tomando nota. Aja como se estivesse ao lado de uma mulher em trabalho de parto. Você é casado? Viúvo, entendo... Doze filhos?! Eu sabia que os vincos em teu rosto só podiam ser as marcas do homem que se reproduz no prazer e na dor.

Tive muitas mulheres mas nenhum filho. Não é da minha natureza me dividir em vários. Ao menos não era, até agora. Mas estou preparado. Copular com o futuro infinito faz parte do meu destino, dar à luz os filhos desse encontro também. Por isso, muita atenção. Não deixa escapar nada, nem uma palavra sequer. Vê aquela flor lá adiante, entre as pedras? Não? Ótimo, isso é sinal de que já estão chegando, as revelações. Faz mais ou menos duas horas que eu a vejo, as pétalas mais azuis do que o céu, o corpo todo tomado por uma chama fria. Não consegue ver? O fogo consome a lor, que no entanto não se esvai. Que signiicará isso? Uma lor no terreno árido, o corpo em brasa? Não dá pra ver direito. Parece que é uma rosa. Sei que não az sentido, uma rosa azul, mas Ele gosta dessas traquinagens. Não importa — toma nota. Vamos deixar a interpretação para os doutores da lei. Meu medo é que tudo não passe disso: a visão sem graça de uma rosa azul no descampado. Porque já faz mais de duas horas que estou aqui, gastando com você meu latim, e nada mais aconteceu. Nem a rosa se foi nem a chama se desfez. O quê? Não, não havia pensado nisso. É, de fato você foi mais perspicaz do que eu. Mais até do que, bem... Estou surpreso. Não me diga que um cérebro se esconde afinal atrás dessa tua fisionomia de símio. É isso? Você tem razão: é na flor que estão os órgãos sexuais da planta. Mas isso não quer dizer nada! Que me importa que numa mesma flor coabitem o masculino e o feminino — a cobra, a maçã e o diabo a quatro?! Como você pode ter certeza de que Ele quer que eu veja a mim mesma, a mim mesmo nessa visão?

6

Justo você, que vem sei lá de onde, com essa cara de caralho?! Com esse cheiro de leite azedo, justo você? Você fede como Ele, por que tenho que escutar o que diz? Tuas crenças não são as minhas, não tenho que te dar ouvidos, limite-se a tomar nota. Não me enfiei na mesma cela que o filho de Zebedeu durante sete dias inteiros — não me enfiei na própria pele do velhote! — só por uma rosa. Deus não manda flores? Manda! Então que faça chover um trilhão delas! Um dilúvio inteiro, tão colorido e perfumado quanto os jardins da Babilônia. E a chama, o que ela quer dizer? Que estou em brasas? Que arderei no fogo eterno, pelo que fiz? Enigmático demais. Não concordo com você quando diz que o Criador se compraz com charadas. Você fala Dele como se o conhecesse melhor do que eu, seus vícios e virtudes... Nem o filho de Zebedeu chegou tão perto assim. Pra dizer a verdade, nem o próprio filho de Deus. Se você tivesse visto o Emasculado na cruz, desesperado feito um recém-nascido, tiraria logo esse sorriso dos lábios. O rei dos Judeus... Trinta anos atrás eu me misturei com os pescadores, fingindo-me de crédulo e humilde, mas ele não quis saber de mim. Chamou Simão e André, irmãos, e ao primeiro deu o sobrenome de Pedro. Ele era assim: costumava trocar o nome de Deus e o mundo. Segui seus passos, visitei todas as comunidades a que ele foi, freqüentei prisões, prostíbulos e redutos de leprosos — o judeuzinho tinha queda pelos miseráveis —, e nada. Ele preferiu chamar Tiago e João, filhos de Zebedeu. Depois chamou Filipe, Bartolomeu, Tomé, Mateus, Simão, Tiago (filho de Alfeu), Judas Tadeu (irmão de Tiago) e Judas Iscariotes. Por mais que eu me esforçasse, fui preterido todas as vezes que me candidatei. Odiei-o quando soube que não chamaria mais ninguém. O grupo estava completo. Doze. Com ele treze — meu número de azar. Você ri... Me acusa de supersticioso. O fato é que meu número de sorte sempre foi o sete, por isso multipliquei-me por dois e me elegi o décimo quarto integrante do grupo. Meses a fio eu os acompanhei a distância, sem ser notado. Não era a mesma coisa que ter sido escolhido por ele — era frio e sombrio. O ressentimento, claro, abriu feridas em meu peito. Na última ceia — só soube que seria a última no dia seguinte —, me escondi nos arredores e os observei com cuidado. Todo o gênero humano estava representado à mesa: o traidor, o cético, o egoísta, o estúpido, o belicoso... "Que bela família!", disse a mim mesmo. Só de homens. As mulheres eram sempre mantidas afastadas. Não importava o grau de envolvimento que viessem a demonstrar, o clube continuava restrito à metade da população terrestre e fazia questão de permanecer assim. Para o feminino, portas fechadas. Por conta dessa discriminação, meu ódio tomou a forma e as armas do aniquilamento. Não. Sei o que você está se perguntando — não fui eu o traidor. Mas, pensando bem, até que poderia ter sido. Creio mesmo que teria sido, se Judas não tivesse tomado pra si a primazia. Não, não o Tadeu, o Iscariotes, o do beijo, o das trinta moedas. Eram na verdade setenta, mas sobre isso ninguém gosta de falar. Nem sobre isso nem sobre a castração.

7

Pode perguntar a quem quiser. Acha que, por ser estrangeiro, irão se abrir com você, trazer testemunhas e documentos oficiais, confessar todos os pecados? Acha que, por você ter esse ar de doutor, vou deixar que mude minha história? Meu apocalíptico devir? Que passe para a posteridade só uma rosa azul em chamas, nada mais? O filho de Zebedeu, o verdadeiro filho de Zebedeu, não eu, em sua repulsiva humildade também se achava muito esperto. Também sabia ler e escrever. Mas agora o palco é meu, assim como serão minhas todas as revelações das quais o velhote abriu mão. Quer queira ou não, é comigo que Ele terá que se entender. Você ri? Pode rir, role na terra, inche e estoure de tanto rir. Mas não pense em sair de onde está.

Anota o que eu falar, palavra por palavra. Se tudo o que Ele tem pra me oferecer é essa rosa azul, então vamos ter que botar pra quebrar. Do contrário, adeus rei dos Judeus. Fim de papo mesmo. Em vinte anos, todos mortos e enterrados, ninguém mais falará no que aconteceu. Esquece tudo o que te contei até agora. Deixa a rosa queimar em paz e escreve o que eu vou ditar. Tenho cá minhas próprias revelações, muito mais assombrosas do que todas as que você já ouviu. Chuva de fogo e terremoto, é disso que o povo gosta — os sábios também, mas não confessam. A história que todos querem é a crônica das cidades inundadas e dos seres bestiais. Chamam isso de futuro? Pois eu lhes darei o futuro. Ele será regido pelo meu número de sorte. Sete vezes setenta pragas jogarei sobre o Jordão, sobre os saduceus e fariseus, sobre todo o grande sinédrio, no dia de Pentecostes. Te prepara pra riscar no pergaminho os desastres mais estupendos de que se terá notícia. Blasfêmia? Espera aí, do que você está falando? Quem você pensa que... Volta aqui, desgraçado! De jeito nenhum. Daqui você não sai, não sem antes cumprir tua missão. Acha que porque é muito esperto não posso torcer teu pescoço? Fácil, fácil. Te quebro em vários pedaços depois cuspo em cada um deles, como costumo fazer com todos os idiotas que encontro. Como fiz com o filho de Zebedeu. Mas não te esqueças, o filho de Zebedeu agora sou eu. Escreve, e não te deixa enganar por minha aparência — como é que você disse? — franzina? Acha que não posso acabar com tua vida num piscar de olhos? Acha que não vou fazer exatamente isso, depois que você terminar de anotar o que eu te disser? Acha que não sou forte o suficiente pra te enfiar inteiro na terra? Que por ser mulher — a mais feminina de todas, porque nunca conheci homem, apenas mulher — não posso te devolver ao pó? Você ri demais pro meu gosto. Se assusta com bobagens do tipo: "Blasfêmia, blasfêmia", mas não teme minhas ameaças de morte. De onde você é? Sei, de parte alguma... Pra seu governo, idiota, já estive lá, e esse lugar sem vida e sem alma eu chamo de *deserto*. Mas você não tem cara de quem já se meteu em desertos. Você não tem cara de nada, muito menos de quem sabe do que estou falando: vida e alma. Cheira mal e me olha com desprezo, como se soubesse do futuro mais do que eu. Quem você pensa que é? Deus?

Naquela época tínhamos um gato

Mas não o suportávamos. Ele cagava e mijava por toda parte, arranhava o sofá e as almofadas, fazia ruídos a noite toda, esparramava o lixo na calçada e quebrava os enfeites da sala. Por isso, logo nos livramos dele e compramos um cão.

Era um fox terrier branco e saudável.

No primeiro dia em que o vimos, ele nos pareceu tão belo e atraente, tão orgânico, tão cheio de si e de promessas, que imediatamente toda a família, em profundo silêncio — foi quase um pacto de sangue —, jurou tolerar, nele, tudo o que não havíamos tolerado no gato, todos os seus possíveis excessos, manias e atavismos. Mais do que isso, nós, a partir de então, passamos a desejá-lo exatamente assim: nu, verdadeiro, sem coleira nem regras.

Que beleza, o caráter canino! Nós o amávamos e alimentávamos sem avareza. Brinquedinhos não faltavam em casa, era o que ele mais ganhava de nossos amigos e parentes. E não havia rotina. Às vezes, nós o colocávamos numa grande caixa de papelão e o levávamos conosco, nos deliciosos passeios — ora no campo, ora na praia — que nossa família costumava organizar nos fins de semana, durante o verão. Também lhe dávamos banho todas as segundas-feiras, religiosamente, após intermináveis sessões profiláticas sentados ao sol, quando procurávamos e eliminávamos as eventuais pulgas do seu pelo macio, conforme instruções do veterinário.

Fazíamos tudo isso com alegria. Porém, mesmo assim, ele se recusava a nos amar, a nos seguir pelas ruas de nosso bairro, a uivar pra lua em noites de lua cheia, a perseguir bicicletas e cães pequenos, e a rosnar pra estranhos e visitas agradáveis, como todo cão costuma fazer.

Seu nome era Sansão e seus olhos eram suaves e, ao mesmo tempo, ariscos, antipáticos, como os de um velhíssimo patriarca chinês.

Jamais ouvimos seu latido durante todo o tempo em que viveu conosco. Jamais o ouvimos arrastar tralhas nos corredores e nas escadas. Jamais o vimos mastigar meias e chinelos, ou chafurdar na terra úmida do jardim após uma noite de chuva, ou urinar nos cantos da cozinha, ou derrubar os vasos e quebrar os potes de porcelana também, atitudes tão corriqueiras na vida de qualquer cão.

Pior do que isso. Além de um comportamento pouco ortodoxo, Sansão ainda possuía o inconveniente hábito de perscrutar nossa alma humana, de avaliar quanto da mais irrequieta beleza produzíamos em nosso interior.

Frequentemente, durante uma conversa reservada com meu pai, ou com qualquer outro membro mais próximo da família, imaginando estarmos a sós, a portas trancadas, de repente pressentíamos um observador inoportuno analisando nossos sentimentos, nossos segredos, aquilo que de mais precioso trazemos dentro de nós. Bastava olhar de esguelha, por cima do ombro, pra descobrirmos a sorrateira presença de um fox terrier, meio oculto na sombra de uma estante, um cão acanhado, é verdade, mas feliz por participar de um acontecimento tão íntimo, tão particular.

Era como se ele possuísse a habilidade incomum de ultrapassar portas e paredes, apenas com a força do pensamento.

Ele existia, era sólido e palpável, mas seus olhos apresentavam uma coloração terrivelmente alucinada e transparente, como se neles, mergulhado em suas pupilas quase pré-históricas, estivesse presente, muito bem aprisionado, um reflexo claro e detalhado do dilúvio universal, ou do meteoro dos dinossauros, ou da explosão do sol — enfim, das catástrofes da vida, borbulhando a mais de cem graus centígrados.

Mas isso não era fácil de ser percebido, não mesmo.

Poucos de nossa família tinham paciência e desprendimento suficientes pra chegar a essa incrível, porém simples, constatação. Apenas quando olhávamos fixamente dentro de seus olhos, sem piscar, sem desviar um milímetro sequer de nosso ponto de interesse, por horas a fio, é que conseguíamos perceber neles o início dos tempos, a dança das partículas cósmicas, a formação divina do céu e da terra. Durante essa procura, nossos pensamentos fluíam livremente e, ao mesmo tempo, apaziguavam-se. Após certa fadiga do intelecto, o ego se dissolvia e o despertar sobrevinha, ao que parece, de um desamparo finalmente aceito e assumido pela nossa mente. Então, tudo se iluminava — os contornos de Deus, de seu projeto imortal — e nosso cão deixava de ser um simples acessório, uma parte indesejada da mobília.

Finalmente percebíamos a sua real presença entre nós.

Era a verdadeira revelação de sua essência, uma substância abstrata e dinâmica. Nela, em sua emanação sublime, nos perdíamos e nos deleitávamos. Por ela valia a pena suportar tudo o mais, a ausência de um latido nas manhãs de domingo, de um chinelo mordido e arrastado através da sala, de uma almofada cheia de incisões e lacerações, de um alegre passeio pelas ruas.

Todavia, bastava nos distrairmos só por um segundo e — zás! — imediatamente tudo se desvanecia diante de nossos olhos. As sagradas escrituras e nossa completa compreensão de sua liturgia eram substituídas, no ato, pelas patéticas feições de um cão.

No mesmo instante, ele dava meia-volta e se recolhia em sua cesta acolchoada, sem ao menos se despedir, sem sequer dizer, por meio de um aceno com as orelhas, com o rabo, meus amores, acreditem, sei o que estão sentindo, sinto o que vocês sentem, somos irmãos na dor e no conhecimento, na ilusão e no despertar, deixando em cada um de nós, do mais velho ao mais jovem, a desagradável impressão de que, talvez, sei lá, adotar uma cacatua teria sido bem melhor. Ou um periquito.

Chapeuzinho pergunta ao Chapeleiro

Voltando da escola, Chapeuzinho Vermelho — ou teria sido Alice? — viu um cachorro engatado no outro e achou muito, muito engraçado. Nunca tinha visto nada parecido. João e Maria passavam por ela e comentaram, estão fodendo, bobinha.

À noite, Alice — ou teria sido Chapeuzinho Vermelho? — ouviu lá longe, no bosque, o gemido enlouquecido do Gato de Botas e da Gata Borralheira. Achou fascinante, e um pouco assustador. Nunca tinha ouvido nada parecido. João e Maria passavam pela janela e gritaram, estão fodendo, fofinha.

Nessa época ainda não havia vampiros e serial killers, mas os professores viviam amedrontados. Na sala de aula, a simples menção da palavra *bundinha*, ou *xota*, ou *nabo*, ou *tetas*, já provocava calafrios e espasmos.

Quando Chapeuzinho Vermelho — ou teria sido Alice? — perguntou, fessor, o que é *foder*?, o Chapeleiro Louco engasgou e soluçou, tossiu e transpirou. Chamaram o diretor, e Alice — ou teria sido Chapeuzinho Vermelho?

— foi duramente repreendida, ah, suja, imoral, indecente, libertina!

Diante de toda a escola, Chapeuzinho Vermelho — ou teria sido Alice? — foi insultada e espancada. Apanhou muito. Meio viva meio morta, jurou que nunca mais falaria a palavra repulsiva, nunca, nunca. Como garantia, sua língua foi decepada.

Sorte sua que esta história é para crianças. Se fosse para adultos, o diretor na certa daria ouvidos a sua mulher, que não parava de gritar, cortem a cabeça, porra, cortem a cabeça, os mamilos e o grelo!

Odor

Pára com isso, mulher, não me tortura desse jeito. As moléculas cheirosas dos mamilos de Madalena invadem minha fossa nasal e estimulam-me a mucosa olfatória. Estimuladas pelo cheiro desse corpo tépido, caliente, as células olfatórias se reúnem pra formar o nervo olfatório, a fim de prosseguir viagem até chegarem ao bulbo olfatório. Uma vez instaladas no bulbo, as células já estão no sistema nervoso central. De lá, as células alcançam o tálamo e o córtex orbitofrontal. Essas regiões, quando estimuladas, enviam informações pra outras áreas do cérebro — como numa explosão milimetricamente planejada capaz de arrasar metade de um continente. A ereção é conseqüência dessa explosão. Vem cá, Madalena, não faz assim comigo, deixa de bom-mocismo e se entrega de uma vez, que importa que sejamos irmãos?, sexo é sexo, tabu é tabu, o repúdio mendeliano ao amor consangüíneo é coisa de velho gagá, numa época como a nossa, você munida de anticoncepcional, eu de camisinha — só pra garantir —, podemos amar qualquer parente: pai, mãe, tio, tia, irmão, irmã, deixa de frescura, Madalena. Ó Senhor! As moléculas cheirosas do púbis de Madalena invadem minha fossa nasal e estimulam-me a mucosa olfatória. Aí vamos nós outra vez! Estimuladas pelo cheiro desse corpo tépido, caliente, as células olfatórias se reúnem pra formar o nervo olfatório, a fim de prosseguir viagem até chegarem ao bulbo olfatório. Uma vez instaladas no bulbo, as células já estão no sistema nervoso central. De lá, as células alcançam o tálamo e o córtex orbitofrontal. Essas regiões, quando estimuladas, enviam informações pra outras áreas do cérebro — como numa explosão milimetricamente planejada capaz de arrasar metade de um continente.

Qüiproquó na Sé

Quando o saltimbanco, calçando polichinelos, meteu as mãos — zás-trás — no postigo de joias de madame Zênite, clitóris, safáris, bijus, zebroides rolaram tintim por tintim no forró de cimento.

Madame Zênite, humilhada, poliglota da vida, dona de uma íngua ferina, guilhotinou aos quatro ventos: "Ooooh!!!"

Multidões de mulatos loucupins de fome acudiram-na, sacudiram-na e fugiram com as joias nos bolsos.

Porém, na lufa-lufa, a cambada de cubatões deixou cair, numa moita de hemorroidas, um preciosíssimo colar de chistes.

O saltimbranco, sem pestanejar, assaltou a moita. Alguém havia achocolatado o chão naquele ponto. Mesmo sentindo no ar um clichê de cocada fresca, o cabeiçudo não se deteve. Chuviscou logo no bolso o colar sujo, cibório, e pernas pra que te quero, rá-tim-bum, escapulou por uma fendaberta numuro.

Madame Zênite, sem zen-budismos nem zé-bundismos, também descampou em desembalada clareira e agarrou o saltimbronco pelo canglote.

Agarrou-o e, antes que ele lograsse se escafeder, aplicou--lhe um tremendo foxtrote no culote, um tálamo no léxico e, pra demover de vez, uma fragata violenta no meio da fronha.

O cara, cafuzo, caiu de quarto, sentindo-se o pão que o diabão amassou.

Um pouco além, perdidas em pinçamentos, Ana e Diana, irmãs siamesmas, observiam-se de tudo, mas não falhavam nada. Ana é filha do guarda rodoviário que às vezes calça polichinelos pra assaltar as velhotas na xepa. Diana é a irmã anã de Ana.

Madame Zênite, agora cheia de maxixe e chá-chá-chá, não dexistiu. Da calçada calçou no sujeito, sem dó nem piedade, uma exagerúndia exegese parlamentar.

Caído, mas nem por isso menos caiado, o saltimbrinco elevantou-se e, saltimpé, antes que ela lhe promulgasse um novo achaque, calou-a com um acalorado beijo nos lábios (inferior e superior), nos astrolábios (grandes e pequenos). Um beijo de menta, demente, doído de paixão.

"Iê-iê-iê!" Chupa-chuparangolé.

Madame Zênite, sensacionalista, ouviu sinos, viu cenas de sua vida zumbindo e vindo pra lá e pra cá, cânones. Sua cuca parecia mal-estar prestes a explodir num forrobodó de emulsões indistintas. Nesse zunzunzum havia um quê de felizcidade nunca antes circunflexa.

Finalmente adjuntos, alheios a toda torta gente que chovia na praça, abracadabraram-se na gramacia e deleitaram sentados, indiferentes às moitas de hemorroidas, aos ramos de rímel repletos de marimbandos, vespulgas, gafanhosos, enfim, indiferentes a todo tipo de incertos possível.

Madame Zênite, anciosa por corpular, escancarou-se e — por Deus! — deu-se o que se deu, dado. Suas ancas ancoraram, rubrificadas. O saltimbarco foi vindo, foi vindo, foi vindo, chegol. Goooooool!

Algemeram, ambos.

Ela quase chorriu de alergia.

Depois do be-a-básico, definitivamente proutra, madame Zênite quis biscoitos. Sexuaram a camisa mais uma vez. Entre um "sento muito pelo ocorrido" e um "está pedisculpado, mas num pare", ela finalmente deu o seu *coup de grâce*.

Ah, o amor! Quem tem boca vaia Roma, já diziam!

O aroma de cocada fresca, de rococó recém-depositado, espalhava-se pela lábia, pelas cláusulas do casal, sem que dessem a semínima pra isso, centrípetos apenas consigo mesmos.

Bússola ao vento, madame Zênite, quase sem ar, quase sem sentidos, arderente de tensão, perambulia pelo corpo teso do seu Teseu, ancaixando-se na tesoura dele, nas suas ora bolas soltas, sangue-sungas, sutis e censuais feito um par de nenhures simétricos.

"Iê-iê-iê!" A multidão fotossensibilizada aplaudia de pé.

Fortuna

O primeiro livro que eu comprei hoje está sujo e amarelado. O primeiro livro.

Está.

Sujo e amarelado. Como isso é possível?! Então os livros não são eternos, é isso? Essa é a verdade da existência: livros não duram pra sempre?

Comprei esse meu primeiro livro porque me disseram que seria bom pra mim. Os livros abrem a mente das pessoas, disseram. Não barganhei, não pedi pra parcelarem a dívida. Tirei a carteira e paguei com dinheiro vivo. Meu primeiro livro. Em dinheiro.

Isso já faz o quê, vinte, vinte e cinco anos?

As pessoas têm o hábito de escrever o nome na folha de rosto dos livros. Às vezes também anotam a data em que o livro foi adquirido.

Eu não fiz isso e agora não sei mais quando foi que comprei meu primeiro livro. É, esse aí, sujo e amarelado.

É bom que vocês saibam, que não se iludam, com o tempo a bunda murcha, os peitos caem, o pau não levanta mais, as rugas tomam conta do corpo todo e os malditos livros ficam sujos e amarelados.

Comprei meu primeiro livro porque me disseram que livros são fundamentais. Eu não tinha muito dinheiro na época, por isso comprei só esse aí, o mais barato que encontrei.

Ainda hoje não tenho muito dinheiro. Tudo o que ganhei nesses vinte, vinte e cinco anos, eu gastei em livros. Tenho mais de trinta mil livros e só agora me dei conta de que estão todos sujos e amarelados. Metade deles já começou a feder, aposto e ganho.

Já estão fedendo há muito tempo e só eu não percebi isso.

Meio míope.

Quase sem o olfato.

Eu já não percebo quase nada.

Me disseram que livros são muito, muito importantes, por isso gastei todo o meu dinheiro comprando livros. Minha mulher me deixou, levou as crianças com ela, isso foi ótimo porque assim sobra mais espaço para os livros.

Só não me disseram que. Ninguém me avisou. Não me disseram que. Sujos e amarelados.

E mais fedidos do que gato morto.

Depois do meu primeiro livro vieram mais trinta mil. Gastei todo o meu salário neles. Trinta mil não é muita coisa. Trezentos milhões, sim, me deixam de pau duro.

Olhem lá. Já viram construção mais imponente?

Observem a solidez da estrutura, a elegância do pórtico, a leveza das colunas. Viajei seis mil quilômetros só pra conhecer esse prédio.

É a Biblioteca, né, a Biblioteca Nacional, não é? Ah, pára com isso, é sim. Eu tenho muitas fotos.

Mais de trezentos milhões de livros, não sei como as quadrilhas desta cidade ainda não levaram tudo. Bandido não pensa. Essa fortuna dando sopa e os babacas assaltando banco, traficando droga.

Eu trouxe duas granadas, seis bananas de dinamite, uma escopeta e um rifle AR 15. Trouxe tudo isso, mas vim sozinho. Não gosto de dividir nada com ninguém, muito menos livro.

Olha só que beleza, que riqueza. Nem a Casa da Moeda guarda fortuna maior do que essa. Trezentos milhões. Assim não há cobiça que não dê as caras.

Isso era o que eu imaginava até hoje de manhã.

Foi quando percebi que o meu primeiro livro. Foi hoje de manhã, no quarto do hotel.

No quarto do hotelzinho sujo e amarelado, de paredes sujas e amareladas, de cortinas sujas e amareladas, o café fede, o pãozinho fede, a manteiga suja e amarelada fede.

Idiotas.

Trezentos milhões de livros.

Será que toda essa gente que dá o sangue aí dentro não sabe? Será que não percebem?

Olha só meu rosto, olha só minha pele. Fiquei sujo e amarelado, estou fedendo mais do que gato morto. Trinta mil livros não me salvaram do mofo. Trinta mil livros que comprei com o suor do meu rosto.

Vocês aí, palhaços. Deixem de ser otários, pra que esse nariz empinado? Trinta mil livros não me salvaram do câncer, do derrame, do enfarto agudo do miocárdio. Não me salvaram do mau hálito, do chulé, da frieira.

Estão vendo este rosto sujo e amarelado, estas hemorroidas? Acordem para a realidade. Trezentos milhões de livros não vão salvar o rabo erudito de ninguém.

Ah!

Rubens estava doente.

Sim, definitivamente doente.

Primeiro: calafrios, febre alta, dor de cabeça, dor de garganta.

Depois: tosse seca, náuseas, vômitos, mal-estar e dores abdominais, além de, é claro, um brilho estranho no olhar.

Muito, muito estranho. Seus olhos pareciam em brasa.

No início todos tentaram fingir que nada estava acontecendo. Bobagem. Daqui a pouco ele pára. Ninguém deu a mínima para o fato.

Ninguém mesmo.

Nem Ana Maria.

Mas isso já estava se transformando numa situação incômoda.

Rubens saltitava pela sala como um balão de gás, tocando no lustre, no topo da estante, quebrando vasos e enfeites.

Por quê, meu Deus? Por quê?, gritava Ana Maria, irritada, sem saber o que fazer.

Rubens saltitava, caramba, de maneira irresponsável, cada vez mais inchado, cada vez mais cheio de si, às gargalhadas. Saltitava, à mercê da corrente de ar que entrava pela janela, o corpo roliço e cheio de manchas multicoloridas, como uma bexiga de parque de diversões.

Vez ou outra parava de rir e começava a chorar convulsivamente.

Chama o médico, pelo amor de Deus!, ele gritava.

Estava tão inchado que parecia que ia estourar ao menor toque.

Chama o méééé-dico!

Quicava de um canto para o outro, esbarrando em tudo: na quina da mesa de centro, no vaso de begônias, no abajur. Esses encontrões provocavam uma dor azeda, chatinha.

De repente os calafrios, a febre alta, a dor de cabeça e de garganta desapareceram.

Parou de tossir, não sentia mais náuseas, não vomitava mais, o mal-estar e as dores abdominais também sumiram. Tudo voltou ao que era antes, menos o estranho fulgor nos olhos.

Então seu corpo começou a brilhar como uma lâmpada de duzentos watts.

Uma verdadeira bola de luz.

Cadê você, Rubens? Não se viam mais rosto, pernas ou braços. Não se via mais nada em parte alguma que pudesse lembrar, mesmo que de leve, um ser humano.

O que é isso, Jesus?

Apenas um clarão gargalhante, em lágrimas, aos berros:

O méééééé...

Ana Maria ainda tentou fugir, ela realmente tentou escapar, mas a porta estava trancada e a chave não estava à mão. Maldita fechadura!

Rubens, ou o que antes havia sido o homem chamado Rubens, em seu ziguezague enlouquecido pelos quatro cantos da sala, sem querer esbarrou no braço da mulher.

Maldita fechadura.

Em pouco tempo Ana Maria também começou a inchar e a saltitar pela sala.

Calafrios, febre alta, dor de cabeça, dor de garganta. Tosse seca, náuseas, vômitos, mal-estar e dores abdominais, além de, é claro, um brilho estranho no olhar.

Estava contaminada.

De uma hora pra outra, a casa toda se viu tomada por duas bolas de luz, espalhando sombras pelas paredes, tostando tudo em que encostavam.

Não havia mais riso nem choro. Não havia mais pedidos de socorro.

Quicavam, e a cada novo salto uma mancha de carvão ficava carimbada no assoalho, no sofá, no tapete, nas paredes e onde quer que tocassem.

O médico surgiu nesse instante, suado e descabelado, pondo os bofes pra fora. Surgiu como um paraquedista, alheio a tudo, e logo também foi contaminado.

Que beleza! Três lâmpadas incandescentes no maior pingue-pongue, tostando as paredes.

Não eram mais humanas essas figuras. Não, de jeito nenhum, pois ardiam como ardem tão-só as labaredas mágicas dos contos de fada. Todavia, fosse lá o que fossem, um sentimento delicioso e profundo aos poucos ia tomando conta de suas entranhas, afogando-os em prazer e felicidade.

Ah, sim, uma felicidade extrema, indizível!

Ó regozijo. Devagar se transformavam em entidades celestiais, prenhes de alegria. Por isso riam tanto.

Riam, porém agora no mais absoluto silêncio. Os três ao mesmo tempo, juntinhos, de fato. Afinal todo e qualquer silêncio é sempre uníssono.

Afinados, depois de incinerarem todos os objetos da sala, conseguiram abrir um buraco na parede da frente e ganhar o alpendre.

Au, au, au. Preso por uma corrente a um toco enterrado no jardim, Roque latia.

Latia, latia. Tocado pela força sutil das bolhas incandescentes, em pouco tempo deixou de sentir náuseas e, ai, ai, ai, au, au, au, também começou a flutuar e a brilhar.

Roque, por sua vez, tocou no senhor Aristides, 62 anos, que saía da padaria, contaminando-o no ato. O senhor Aristides, por sua vez, tocou em Carlota, 17, seu Valdir, 55, Luís Antônio, 14, e dona Josefina, 43, que aguardavam o ônibus no ponto em frente à padaria. Todos passaram a se tocar, distribuindo faíscas entre si, e a tocar as demais pessoas na rua: dona Josefina contaminou o senhor Moacir, 37, e dona Reinalda, 51. Luís Antônio entrou num jardim de infância e contaminou as professoras Carla, Paula e Antônia, 18, 19 e 21, respectivamente, e o faxineiro Austregésilo, 49. Seu Valdir contaminou os funcionários e clientes de um posto de gasolina. Carlota contaminou o senhor Valdofrido, 38, dono de uma banca de jornal, em seguida o senhor Laércio, 42, taxista, e dona Margarida, 35, dona de casa.

Que alegria! Que esplendor!

Uma multidão de bolonas brilhantes, saltitantes feito pipoca, passou a saltitar pela rua, ora descendo alto, ora subindo baixo, contaminando todos em quem encostava.

Sim, dezenas de grandes bolhas de sabão, lépidas e evanescentes, espalhadas pela rua, queimando árvores, postes, automóveis e gente desavisada.

Um ônibus que ia pra São Paulo freou abruptamente na saída da rodoviária. Confusão, pânico. Todos os passageiros fecharam o mais rápido possível as janelas e as cortinas.

Ó esperança vã!

Uma das bolas — a mais pequenina delas — conseguiu, depois de bater com insistência na carcaça de metal, entrar sorrateiramente pelo tubo de descarga do vaso sanitário.

Foi um deus-nos-acuda.

O veículo, de qualquer maneira, seguiu viagem e não se falou mais nisso.

Seis horas mais tarde, no Rio de Janeiro, um ônibus cheio de paulistanos luminosos seria, logo na chegada, a sensação dos telejornais. No dia seguinte também seria a principal manchete da imprensa impressa.

Em Brasília, balões fosforescentes foram vistos sobre a praça dos Três Poderes. O presidente convocou, no meio da noite, as forças armadas.

Em Salvador, fecharam o Pelourinho. Pouco depois, um enxame de bolhas voadoras tomou conta de toda a Cidade Baixa, espantando turistas, taxistas e batuqueiros. Oxalá, Xangô, Oxóssi, valei-me. Um horror!

Enquanto isso um voo sem escalas partia do aeroporto Dois de Julho direto pra Nova York.

Rapaz, qual não foi a surpresa dos nova-iorquinos ao verem desembarcar, em plena Manhattan, um bando de fogos de artifício tupiniquins?!

O Central Park se viu rapidamente invadido. Uma balbúrdia dos diabos. Gente pra lá e pra cá, em prantos. As árvores ardiam, tomadas por uma coloração fantasmagórica.

Em Londres, o palácio de Buckingham ficou em polvorosa. A rainha, a rainha! Deus salve a rainha!

Minha tia Gertrudes, uma londrina de 66 anos, nem se deu conta do que a atingiu, pouco antes de começar a flutuar diante da tevê ainda ligada, pouco antes de perder a consciência e se converter num grande dente-de-leão amarelo e ardente, pouco antes de sair pela janela, aos risos, ri ri ri rá rá rá.

Pobre tia Gertrudes. Nunca a esquecerei. Meu primeiro autorama foi ela quem deu, foi sim, numa belíssima noite de Natal. Nevava? Nevava.

Milhares de japoneses saíram do metrô de Tóquio completamente ensandecidos.

Milhões de chineses, no que antes havia sido a gloriosa China, milhões de indianos, no que antes havia sido a misteriosa Índia, encheram os céus da Ásia com um brilho incomum, transcendental.

Como se formada por novos e bestiais bárbaros, rumava para o norte essa nuvem exótica, esotérica, deslizando poucos metros acima dos picos caucasianos, em direção a Moscou. Rumava ao sabor dos ventos e das tempestades, sobrevoando cidades, planícies e montanhas russas, espalhando faíscas e corre-corres.

Chamemos, por conveniência, essas esferas fumegantes de *flutuadores*. Apenas isso: flutuadores.

Nuvens de flutuadores foram vistas sobre os Andes e sobre a Amazônia. Outro tantão deles havia sido detectado por radar sobre o mar de Lazarev, na Antártida, e sobre o deserto de Gobi. Isso durante semanas!

O que estariam fazendo nesses locais tão ermos? Que impensáveis afazeres levariam seres tão voláteis aos recônditos do planeta?

Estariam eles se preparando pra mergulhar no oceano e desaparecer pra sempre, numa explosão apocalíptica?

Ou estariam ocupando uma posição tática preestabelecida, sideral, que em breve os colocará em acordo com o diagrama celeste desenhado pelas doze constelações do zodíaco, posição esta de ataque, de conquista, vaticinada há séculos pelos profetas e escribas do antigo Egito?

Ou estariam apenas seguindo, sem rumo definido, preguiçosamente, o movimento da brisa mais próxima, se preparando pra acasalar e procriar longe de nossos olhares indiscretos?

Sang Yi

Das chaminés a fumaça ganha o ar.

O oceano sob as ondas do sol. Vento sudoeste.

> Não está com frio?

> Não.

A quilha, o casco, o leme.

Do convés a sombra das gaivotas demonstra as ruínas da linha reta.

> Está com fome?

> Não.

Chuva. Dois meses à deriva dos motores, das hélices, à espera de que as correntes do Índico algemem o Atlântico a bombordo.

O menino, esse menino que aí vai, silencioso e circunspecto, é o mais velho fantasma da embarcação. Oito anos, nem mais nem menos. Olhos e ossos voltados para trás, na distância de Ansan, de Anyang e de Seul. Braços e pernas endereçados para a frente. Santos. São Paulo.

> Viu os ratos?

> Não.

> Dezenas deles. Nos corredores. À noite.

O australiano que comercializa tabaco anda de lá pra cá. Encosta nos caixotes, apalpa-os, debruça-se sobre a madeira. Quer saber o que estão fazendo aí, no tombadilho, vazios, quando deveriam estar no porão, cheios. Vê o menino, os pais do menino. Arranha a língua, engole as amígdalas, mas não consegue se fazer entender.

Os pais do menino entreolham-se fogo, medo, chuva, cem séculos de submissão e desonra.

> Fale em inglês — o menino resmunga, em inglês.

A montanha australiana dobra, em inglês, os joelhos para a reza da danação. Desce das nuvens, ignora a ânsia de vômito que balança o casco. Ajoelha-se, em inglês, ao lado do curumim coreano:

> Você fala inglês?

O menino não responde.

Os pais se deixam vagar com o fluxo dos navegantes.

> Onde aprendeu? — em inglês.

> Em Gladstone — em inglês.

> Morou lá? — em inglês.

> Três anos — em inglês.

O maldito australiano soluça, em inglês, o espasmo dos camelos. Traz na bolsa a tiracolo várias garrafas vazias. Quer saber por que os caixotes. Por que os preciosos caixotes. Quer saber por que estão aí. Por que não estão no porão.

> Não sei — em inglês.

Da gávea vem o arrulho dos zombeteiros, da Ursa Maior.

> Não sabe? É isso? Você não sabe? Fala inglês e não sabe? É o único ser vivo que fala inglês, além de mim, num raio de mil milhas, e mesmo assim não sabe? — em inglês.

O australiano esvazia a última garrafa de espuma e gosma verde, arrota. Quer saber, em inglês, por quê, em inglês, os chineses, os japoneses, os tibetanos, os vietnamitas e os coreanos jogaram, em inglês, o tabaco no mar. Seu precioso tabaco. Toda a sua carga, em inglês, de tabaco.

> Por que estes caixotes estão aqui? Caixotes vazios! Meu tabaco está no fundo do oceano. Por quê? Falta de espaço? Mas o porão está vazio — em inglês.

> Fale com o capitão — em inglês.

> Seria mais fácil falar com o demônio — em inglês. — O desgraçado me odeia. Quer me ver morto.

> Isso não é problema meu — furioso, em coreano. Furioso feito o mar à noite, as rochas dos desfiladeiros, as ilhas que não há. Pega na mão da mãe, de um lado, na mão do pai, do outro. Puxa-os pra longe, o horizonte cinza maior do que o mundo. Furioso.

Revoltadas, raivosas, as engrenagens do oceano. Movimento rotativo. Atrito, dentes ao léu. O oceano. Joga tênis com as sardinhas e as lagostas, o navio se curva sobre as próprias patas. O capitão desce as escadas soltando labaredas pelo cachimbo:

> Enguias-elétricas, milhares delas — em coreano. — Para a popa, para a popa!

Segundos antes do impacto com o cardume, o aviso: tempestade de areia no Saara, o foguista trava hélices e caldeiras. O capitão cai de lado, a cabeça riscada de sangue. Fogos de artifício na cabine de comando.

Fumaça prensada nas escotilhas, gritos com vários centímetros de extensão. Agudos.

Noite equinocial.

Sang no colo do pai.

> Que foi isso?

> Está tudo bem... Está tudo bem...

A quilha exibe parte de suas nervuras para que as âncoras, o lastro, a casa do leme, o timão e parte do casco estremeçam medo, muito medo nos dentes de Sang, que batem, que mordem as gengivas sem parar.

O capitão diante do rádio que faísca latitudes e longitudes numa língua medieval. O rosto cavado de macaco velho, o nariz de pugilista. Arrasta uma das pernas. O queixo quadrado a golpes de formão, as costas e o abdome com pelagem de orangotango. A mão esquerda no braço direito do menino:

> Você fala francês? — em coreano.

Olhos arregalados, bochechas vermelhas, corpos fora de esquadro pra compensar a inclinação de dez graus do casco. O menino procura o apoio do pai.

> Teu pai disse que você fala francês — em coreano.

Senta-se sozinho na cadeira inclinada, senta-se, astronauta, no foguete rumo à lua refletida no espelho d'água.

O pedido de socorro saltando (em francês) da amurada do convés, mergulhando (em francês) nas correntes do Atlântico, alcançando (em francês) a traineira franco-marroquina que recolhe suas redes, toda a força a bombordo rumo aos gritos que respiram e tossem água salgada.

Estática a pique. Ruído nem branco nem preto.

Na cabine de rádio, apoiado no batente da porta da cabine de rádio, o australiano não pergunta pelos caixotes do tombadilho, pelo tabaco dissolvido no fundo do mar. Apenas observa. O rádio, a cabine cheirando a suor, o menino assustado. O menino que repete em francês o pedido de socorro ditado pelo capitão. O capitão que sangra e fede feito os dois mil metros do monte Halla.

Estática.

Pedido de socorro (em francês).

Estática.

Pedido de socorro (em francês).

Estática. Resposta (em francês). Estática.

O australiano encosta totalmente a atenção no menino, que, tatibitate, o microfone colado na boca meio tonta, traduz as coordenadas do coreano para o francês.

Vinte graus de inclinação, a proa toda submersa.

O alojamento da tripulação, um aquário.

> Onde aprendeu a falar francês? — tempos depois o australiano irá perguntar (em inglês). Tempos depois, no porto de Santos. Ele irá perguntar. Quando toda essa confusão, coletes salva-vidas, ondas mal-humoradas, pânico e espuma salgada, for somente passado.

> Em Lyons — em inglês.

> Também morou lá? — em inglês.

> Sim — em inglês.

> Quanto tempo? — em inglês.

> Três anos — em inglês.

> Três anos em Gladstone e três anos em Lyons — em inglês.

> Sim — em inglês.

> Os outros dois anos você morou onde? — em inglês.

> Santarém — em inglês.

> Onde fica? — em inglês.

> Em Portugal — em inglês.

> Isso deve ter sido há muito tempo, não? — em inglês.

> Sim. Há muito tempo — em coreano.

> Como? — em inglês.

> Há muito tempo — em inglês.

> No entanto... — em inglês.

> Sim — em inglês.

> Você também fala português — em inglês.

> Falo — em inglês.

> Coreano, inglês, francês e português. Mais alguma língua? — em inglês.

> Sim — em inglês.

O australiano não conseguirá ouvir a resposta. O que o moleque disse? Muvuca-maravilha. Um tráfego intenso no cais. Algazarra-babel.

A atracação de embarcações de todos os tipos e tamanhos, as roldanas enroladas em torno da atração magnética, a carga e a descarga e o armazenamento de mercadorias, o embarque e o desembarque estrepitoso de passageiros, de bagagens, o menino, os pais do menino cada um de um lado, os guindastes, as esteiras rolantes, as linhas férreas, as empilhadeiras, os armazéns e os silos, as docas, os diques, a limpeza e a manutenção periódica do casco dos navios, as comportas e as eclusas, os estivadores.

> Os ratos nos corredores... Dezenas deles. Eu sabia. Era a fatalidade encostando.

O australiano fica, perdido entre perdidos. O menino segue seu caminho, pede informação aqui, pede informação ali (em português de Santarém), navegando os pais a tiracolo.

Ônibus pra São Paulo.

Lanche na estrada, o continente inteiro abafado pelo calor das estrelas vigilantes. O menino dorme.

> Ele dá azar — diz o pai (em coreano).

> Mentira — resmunga a mãe (em coreano).

O taxista brinca de montanha-russa enfiando uma curva dentro de outra curva dentro de outra curva.

Sobrado do Bom Retiro, em cima de um boteco de vira-latas líricos feito o cântico dos pneus.

> Ele dá azar — rediz o pai (em coreano).

> Mentira — re-resmunga a mãe (em coreano).

Na sala de visitas, quatro adultos, nenhuma criança.

Cacarejos e relinchos de insetos.

O novo casal que irá ficar com o menino ouve com atenção o bate-boca do casal visitante. Murmúrios ríspidos — a correia dentada da alma em contato com a carne, mordidas ardidas, a correia dentada da alma que se recusa a deixar o corpo em paz. O pai do menino insiste que o menino dá azar. A mãe do menino não vê motivo pra não ficarem definitivamente no Brasil, assim não teriam que se desfazer do filho.

> Quase morremos. Ele dá azar — repete o pai (em coreano).

> Mentira. Fomos salvos — ela diz (em coreano). — Nosso filho nos salvou.

O casal que irá ficar com o menino sabe que o menino não dá azar. É a dor da separação que fatia as entranhas do pai.

> Não falo mais nada — diz o pai (em coreano) e cruza os braços. — Não falo mais nada.

Fogo-fátuo sobre a mesa de centro.

Chá verde e biscoitos vermelhos.

A sala é pequena nas boas intenções da tevê desligada, do telefone que não toca. Tilintar de porcelana. A placidez dos poucos livros na estante, das paisagens a óleo nas paredes, dos bibelôs empinados feito a grama que os pombos adubam, essa placidez ácida não concorda com a sugestão da mãe do menino. Não concorda com a ideia de ficarem definitivamente no Brasil.

O pai fala, de uma só vez, todo o coreano que não falou a vida inteira:

> Não podemos. Não podemos ficar. Nosso lugar não é aqui. Não é. Há três anos, quando ele chegou, nós sabíamos. Nós sabíamos. Ele disse, seu pai disse. Não era pra sempre. Ele veio e nós o acolhemos, e nós o alimentamos. E demos a ele roupas e uma cama. E procuramos uma escola. Procuramos durante semanas, você se lembra? Uma escola que o aceitasse. Não foi fácil, ele nos deu muito trabalho. Não é um menino fácil. Não gosta de companhia. Não gosta de outras crianças. Não gosta. É muito inteligente. Muito. Quando ele chegou, o pai do menino nos avisou, ele nos avisou. Três anos, não mais. Depois disso, as pessoas começam a desconfiar. Acham estranho. Um menino muito inteligente. Um menino que não tem amigos. Que não gosta da escola, dos outros meninos da escola. Que brinca sozinho em casa o dia todo, quando não tem aula. Começam a desconfiar. Os vizinhos, os professores, os conhecidos. Os parentes. Depois de três anos. Os colegas da sua idade crescem, sua voz, seu

rosto mudam. Ele não cresce. Não muda. Por isso não pode ficar. Por isso não podemos ficar. É muito difícil. É muito triste. Eu não agüento mais.

Um latido de panelas caindo no chão.

Na calçada, sentado no degrau diante da porta do sobrado que sobe, que galopa em cima do boteco em cima do centro da Terra, o menino.

Duas meninas estão ao lado do menino. Querem saber qual é o seu nome, quantos anos tem, de onde ele veio.

O jornal velho que entope a boca-de-lobo não quer saber de nada disso, odeia fofoca. As meninas insistem. Ao lado do boteco de papel picado, engordurado, manchado de café e quibe, o menino que não cresce observa o tráfego de rodas e buzinas — alarido — que rumam para o coração tropical do continente.

> Você vai morar com a gente?

> Vai ser nosso irmão?

> Vai estudar em nossa escola?

> Você é mudo?

> Não sabe falar português?

O menino, mal-humorado, responde qualquer coisa dos tempos de Santarém.

As meninas riem do sotaque, abrem a porta, sobem a escada, ferraduras na cerâmica ignorada, e entram correndo, brincos, pulseiras, na sala baixa de paredes cor de cobre, olhos esticados e cabelo liso e negro.

A dona da casa ralha com as filhas. Ralha em coreano. Ordena que façam silêncio, quietinhas, que não corram, gafanhotos e libélulas, dentro de casa.

O pai do menino ataca a cutícula dos polegares:

> Vocês já têm filhos. Não precisam de mais um. Por que não avisaram? Por que não disseram? — em coreano.

> Isso não tem importância — o dono da casa (em coreano).

> Casais sem filho. Sempre foi assim. Por que não disseram? — o pai do menino (em coreano).

> Não tem importância — o dono da casa (em coreano). — Aqui, no Brasil, isso não faz diferença.

> Deviam ter avisado — a mãe do menino (em coreano). — As meninas vão desconfiar.

> Elas vão entender — o dono da casa (em português), voltando-se para as filhas que entram e saem do riso-sorriso dos dementes.

Fim de tarde ardido.

O cheiro do sol que desaparece, das luzes que se acendem.

O dono da casa fecunda um pensamento. Pega a folha dobrada em que foram anotadas as cidades pelas quais o menino já passou. O dono da casa desdobra a folha. Ao lado de cada cidade, o nome da família com quem o menino viveu. Lê devagar, reproduzindo mentalmente o globo terrestre. Lê apenas o nome do país e o nome da cidade.

Fim de tarde ardido.

Lê devagar.

Tianjin, na China.

Adis-Abeba, na Etiópia.

Sendai, no Japão.

Ulan Bator, na Mongólia.

Lensk, na Rússia.

Lang Son, no Vietnã.

Allahabad, na Índia.

Windhoek, na Namíbia.

Herat, no Afeganistão.

Espanta-se por estar espantado. Como, se já sabia?! Lê devagar. Lê. Reproduzindo o murmúrio, as idas e vindas de uma linha imaginária que viaja arbitrariamente.

Kaduna, na Nigéria.

Sabhã, na Líbia.

Lyons, na França.

Balikpapan, na Indonésia.

Göttingen, na Alemanha.

Santarém, em Portugal.

Salamanca, na Espanha.

Gladstone, na Austrália.

Seul, na Coréia do Sul.

O dono da casa faz mentalmente os cálculos, dezoito cidades, em média três anos em cada cidade, três vezes dezoito, cinqüenta e quatro.

> Qual a idade dele? — pergunta (em coreano), apenas para confirmar suas suspeitas.

> Cinqüenta e seis — o pai responde (em coreano).

Cinqüenta e seis.

O dono da casa brinca com a folha dobrada, o pensamento correndo por estreitas passagens de calcário, cinqüenta e seis, dois anos a mais do que supôs, teria errado no cálculo?, está tão cansado, dormiu mal a noite passada, a ansiedade das plantas e dos minerais, não, na certa o menino passou quatro anos em duas das cidades, ou cinco em uma delas, talvez em Tianjin, a primeira, até que seus pais chineses, até que eles perceberam que, o que eles perceberam?, até que eles perceberam que se insistissem em mantê-lo aí algo terrível aconteceria.

Os amigos, os vizinhos, o vasto oceano celeste.

Todos já comentavam.

A China dos miseráveis, dos analfabetos, toda ela já falava no menino?

A dona da casa oferece mais chá.

A mãe do menino mexe-se no tecido desengonçado da saia que desce até os tornozelos do planeta instável. A mãe do menino, mãos paralisadas. Quase aceita a oferta, o aroma líquido que faria com que se esquecesse das águas pelas quais passou, oceano e choro.

O marido a detém. Nada de chá.

Não adianta empurrar a hora do adeus pra fora da sala, pra longe dos limites do bairro, para o quarto do hotel em Santos cuja janela dá para um navio que, deitado no gramado do jardim, respira regularmente à espera das malas do casal, do próprio casal.

Adeus.

A comoção é inevitável.

O menino abraça a mãe, depois o pai. Abraça-os como parte da rotina autoimposta, do ritual estabelecido nas últimas décadas. O rigor do sorriso não faz parte do protocolo.

> Mãe — o menino determina (em coreano).

> Sang — a mãe o nomeia (em coreano).

As lágrimas brotam do desconforto da luz, reflexo azul que atravessa pássaros e felinos, os objetos de vidro da estante. O menino se esconde deles, das lágrimas, os pais se escondem neles, na estante, nos objetos.

Adeus (em idiomas desencontrados).

No corredor, as meninas doidas de vontade de rir, de perguntar o que está acontecendo, sorrisinhos, risinhos, agora as meninas param de rir, sem mais nem menos, agora as meninas estão doidas de vontade de chorar junto com os pais do menino, junto com o menino, junto com a mãe das meninas, que — é melhor nem perguntar por quê – chora junto com os pais do menino, junto com o menino.

Do Bom Retiro para a rodoviária. Da rodoviária para o resto do mundo.

A tevê ligada no brilho da novela que desenha, no cômodo ao lado, os desassossegos do jantar.

Conversa fiada entre as meninas, o macarrão, a coca-cola e o menino que não quer papo com ninguém. Às onze horas, o trio veste o pijama no fundo do copo de leite quente.

As meninas no quarto da esquerda, o menino no quarto da direita, menor.

A nova mãe do menino se despede dele com mãos de fada, fecha as cortinas e depois vai ao outro quarto dar boa-noite às filhas. O novo pai do menino não sabe se apaga a luz do abajur, se deixa ao menos a luz do abajur acesa, se amanhã é sábado ou domingo, diz duas ou três coisas em português e a partir daí o português se torna a língua oficial do reino de Pindorama.

> Está confortável?

> Estou.

> O quarto é pequeno, mas vai ser por pouco tempo. Vamos mudar daqui… Pra uma casa maior. Talvez no ano que vem.

> …

> Não está com frio? Quer mais um cobertor? Aqui faz frio à noite.

> Não. Estou bem.

> …

> Pai.

> Sim?

> …

> Que foi? Pode falar.

> …

> Quer alguma coisa? Está com fome?

> Quantos anos você tem?

> Eu? Quarenta e quatro… Por quê?

> Eu tenho cinqüenta e seis.

> Eu sei.

> …

> Eu sei muita coisa sobre você.

> Então, você sabe que…

> Sei.

> …

> Não está com fome? Você jantou tão pouco.

> Não… Só sono.

> Descansa. Amanhã conversamos mais.

> Tá.

O dono da casa nivela com a mão as irregularidades topográficas, geológicas do cobertor, a planície estendendo-se até o castelo de cavalos-marinhos, sereias e conchas.

> Boa noite.

> … noi…

Os dedos no cabelo do menino trazem ondulações, pressentem fagulhas.

Três anos. Talvez quatro, com um pouco de sorte. Os dedos pressentem o movimento do pó, das tempestades sobre os móveis. O sentido horário e o anti-horário, entre este e aquele, o naufrágio. O mapa-múndi da razão abstrata. A água.

Pressentem o dia em que novamente das chaminés a fumaça ganhará o ar.

Pressentem o oceano sob as ondas do sol. Vento sudoeste. Ou noroeste, quem sabe?

> Não está com frio?

> Não.

Pressentem a quilha, o casco, o leme.

Pressentem. Do convés a sombra das gaivotas demonstrará as ruínas da linha reta.

> Está com fome?

> Não.

Os dedos pressentem.

Imensos são os oceanos, e tudo não passa de um eterno oceano. Imensos são os oceanos e as almas oceânicas e imensas.

Os dedos pressentem. No futuro.

Não agora.

Uma ficção

Senhoras e senhores, boa noite, diz o ventríloquo, sem sequer abrir a boca. Muito menos os olhos.

Então, retira do bolso um longo lenço vermelho — longo mesmo, quase uma bandeira — e em seguida, saltitante e sincopado, faz uma reverência na direção da plateia — apenas uma formalidade estúpida —, mudando de tal maneira o lenço de uma mão para a outra que este mais parece sair de outras mãos do que das suas.

Eu conheço um sujeito muito engraçado de quem as senhoras e os senhores nunca ouviram falar. Não é mesmo, Oscar?

Luzes.

Do interior de uma caixa sai, bastante audível, um gemido abafado.

Movimento rápido. O ventríloquo enfia a mão e o longo lenço dentro da caixa. Um segundo depois, a mão é retirada, mas sem o lenço-bandeira.

Não seja tímido... Diga alô para os nossos amigos, Oscar.

A orquestra, antes oculta, surge nesse momento.

Tcharaaam! Na mão esquerda do homem, o boneco diz alô como se estivesse sufocado, quase sem fôlego. Isso chega a causar certo efeito, mas nada de muito significativo. A plateia, apática, antipática, parece não saber como reagir.

O ventríloquo puxa o boneco pra mais perto e lhe pergunta:

Mas por Deus, Oscar! Aonde é que você vai, assim, tão elegante? Pegar umas gatinhas?

O boneco, cheio de afeto e empatia, responde sacando uma faca e perfurando o olho direito do homem — caralho, ele realmente perfurou aquele olho! — e depois, com a faca sempre na posição vertical, continua respondendo, dando mais um golpe e outro e mais um e mais outro, todos bem no centro da cavidade direita, onde antes havia um olho em boníssimo estado.

O ventríloquo, desapontado, limpa a gosmenta mancha vermelha do colarinho, primeiro com a ponta de outro lenço, menor que o primeiro, depois apenas com a mão livre.

Isso é tudo o que você tem a dizer, Oscar? Nada mais? É o que eu sempre imaginei. Amigo, você é mesmo um impostor. Uma fraude.

Tais palavras o ventríloquo pronuncia com a voz sufocada, presa na garganta, na mesma garganta que, aos poucos, vai sendo perfurada e rasgada por uma das mãozinhas do boneco.

A plateia permanece completamente muda, insensível.

Diante dessa falta de reação, o ventríloquo — pra quem o bom humor e a agilidade de um espetáculo, dentro de certos limites e considerações, sempre escondem um fundamento ético, estético e moral (observem bem: ético, estético e moral!), pois bem, diante da total falta de reação da plateia, o ventríloquo, para subverter o dramático efeito de cena, repete sua fala engasgada:

Um, impostor. Uma, fraude, não, é, mesmo, Oscar? Ah, ingratidão... Apesar, das, aparências, você, jamais, conseguiu, gostar, de, mim.

O boneco pisca-pisca rapidinho e diz alooouuu, meuuu amooouuur (isso sempre funciona), e a plateia começa a dar sinais de vida, não muitos, apenas um ruído áspero, alguém se acomodando na poltrona, alguém abrindo um saco de jujuba... Então, após dizer alooouuu, meuuu amooouuur, ele esmaga o crânio do ventríloquo com suas mãos pequenas, de madeira e arame.

Com o que lhe resta do maxilar, o homem sorri. (Apenas mais uma de suas formalidades estúpidas).

O boneco abre-lhe os botões da camisa e retira, do interior do abdômen, um bom pedaço quente e úmido de fígado ainda vivo. (Trata-se de uma dessas cenas não pouco frequentes que costumam ser transmitidas pela tevê, num desses programas sem qualquer sinal de decência, feito do mais puro sensacionalismo escatológico, onde o público é convidado a participar respondendo a perguntas, cantando, dançando, mostrando a bunda, fazendo imitações ridículas ou qualquer outra coisa do tipo. E que fígado, meus amores! Que fígadoooooo! Em cores, pela tevê, parece que ele ainda vibra, canta, dança... Aposto que até mostraria a bunda, se tivesse uma bunda.)

O boneco, nesse instante, desabotoa as calças do homem, retira e desenrola, pela frente, todo o intestino grosso e o delgado também, isso diante das câmeras, sem o menor pudor. Metros e metros de um fedorento tubo avermelhado, íntimo, tornado público sem o consentimento de ninguém. E o que é pior: bem na frente da mulher e dos filhos do ventríloquo.

A plateia definitivamente não sabe o que dizer, sobretudo porque, contra todas as expectativas, o boneco conhece, entre outros poetas de refinada grosseria, Arthur Rimbaud: *L'échine est un peu rouge, et le tout sent um goût / Horrible étrangement; on remarque surtout / Des singularités qu'il faut voir à la loupe...*

Isso pode parecer ridículo aos ouvidos de quem, por não saber apreciar as sutilezas da verdadeira arte simbolista, decadentista, não consegue compreender os seres escrotos que falam dela.

(Mas não. Palermas! Uma coisa é despedaçar um homem longe de olhares curiosos, em particular, decentemente, tipo Jack o Estripador, e outra bem diferente é fazer isso em público. Em público?! A televisão deveria ser mais criteriosa com o que apresenta. Não se despedaça um homem diante de todos, seja ele Rimbaud, Artaud, Truffaut, o escambau. Isso não.)

Nesse minuto, entra em cena o apresentador do programa. Às suas costas, os restos do ventríloquo e de sua performance vão sendo removidos, em silêncio.

A audiência chega a ameaçar uma tentativa de manifestação, porém nada diz. Taedium vitae. Então alguém imita um peido, com o sovaco, e todos riem. Catarse absoluta. Está emocionadíssimo, o público, sobretudo porque a próxima atração, exaustivamente ensaiada, será — vejam, está no guia de tevê — o anão japa engolidor de sapos e catanas. Banzai!

Una fábula colorida

Foi assim: la cigarra… Não, la formiga… Não, la cigarra negra, ella passou todo el verano en la farra, cantando y encantando la bicharada. Veio el outono y la danada continuó en la caserna. Não, en la cisterna… Não, en la baderna… Não importa. Cuando el invierno chegou, severo, sacana, la cigarra sifudeu. É… Sifudeu de verde, azul y amarelo. La cigarra… Não, la formiga… Não, la cigarra violeta… Seu estoque de ervilha en lata acabou y ella necesitó vender la guitarra marrón. Coitada… ¿Hein? ¡Não sei pra quién ella vendeu la guitarra, porra! Não importa. A grana de la guitarra también acabou y la cigarra necesitó pedir comida… É, para la amiga formiga, hermana de la raposa blanca, aquella de las uvas. Famosa, ella. Pero la formiga amiga-da-onça deu risada. Não, la onça lilás não estava sabendo de nada. Eu falei amiga-da-onça. ¡La formiga blanca! Debochou mucho, la safada. "¿Mientras yo trabalhava, usted folgava, né, filhadaputa?" Y bateu la puerta naranja en la cara de cu de la cigarra. Que acendeu el último cigarrillo y morreu congelada. La guitarra... Não, la cisterna... Isso mismo, la cigarra blanca. Hermana de la raposa negra, aquella de las uvas vermelhas.

Avenida Rashomon

O taxista de camiseta verde (na delegacia):

Eu não tive culpa, a maluca de chapéu lilás apareceu do nada, ela atravessou correndo fora da faixa de pedestre, eu enfiei o pé no freio mas já era tarde.

A senhora de chapéu lilás (no pronto-socorro):

O trombadinha de cabeça raspada tentou roubar minha bolsa. Eu aproveitei que o sinal estava fechado para o trânsito e saí correndo. Eu estava na faixa de pedestre, sim. Mas o táxi não parou no sinal fechado.

O rapaz de cabeça raspada (embaixo do viaduto):

Eu só estava oferecendo gominha e paçoca pra maluca de vestido vermelho, mas ela começou a gritar e saiu correndo. Não sou bobo. Também dei no pé.

O passageiro de óculos escuros (em casa):

Porra, que susto! Eu estava analisando o relatório do departamento comercial. A grandalhona de cabelo azul veio pra cima da gente. O taxista arrancou, achando que era assalto, e arrastou ela dez metros.

A GAROTA DE MINISSAIA LISTRADA (NA LANCHONETE):
Quando vi o taxista de camiseta azul sair do carro e perseguir a senhora de óculos escuros e o rapaz de cabelo verde, subi logo no ônibus. A merda foi que os três também entraram no ônibus, aos gritos.

O MOTORISTA DE BRAÇOS TATUADOS (NA GARAGEM):
A garota de minissaia verde quis passar na catraca sem pagar. O cobrador de nariz redondo tentou impedir. Virou confusão, porque um senhor de camiseta preta, uma grandalhona de cabeça raspada e um rapaz de chapéu listrado começaram a gritar.

O COBRADOR DE ORELHAS REDONDAS (NA FILA DO ESTÁDIO):
Falaram que era um taxista de braços tatuados, uma senhora de camiseta estampada, um rapaz de óculos escuros e uma garota de nariz redondo, mas eu não vi direito. Estava meio bêbado, confesso. Quando acordei, estava levando uns tapas até do motorista de chapéu lilás.

O DELEGADO DE MÃOS LISTRADAS (PARA O ESCREVENTE DE OLHOS ESTAMPADOS):

Pode escrever: um motorista de camiseta verde e um cobrador de vestido vermelho (irmãos siameses) abandonaram seu posto no ônibus de óculos escuros, atravessaram a avenida no sinal aberto-fechado, longe da faixa de pedestre bêbada, e atacaram uma grandalhona de braços tatuados e um rapaz de minissaia redonda (avó e neto), que procuraram refúgio num táxi azul de pára-choque preto, em que viajavam, além do taxista de cabeça raspada, um senhor de mãos listradas e uma garota de olhos estampados, sua filha. O taxista de chapéu lilás, veja que coincidência, é meu sogro de orelhas passageiras e cobradoras, desaparecido há mais dez anos.

É claro que mais tarde os jornais noticiaram uma história completamente diferente.

Inveja

O Escritor Que Não Tinha Boas Ideias morria de inveja do Escritor Que Tinha Boas Ideias. O Escritor Que Não Tinha Boas Ideias morria de inveja do Escritor Que Tinha Boas Ideias porque ele, Escritor Que Tinha Boas Ideias, tinha boas ideias o tempo todo. O Escritor Que Não Tinha Boas Ideias morria de inveja do Escritor Que Tinha Boas Ideias porque as ideias dele, Escritor Que Tinha Boas Ideias, eram muito apreciadas pelos críticos literários, que, ao contrário, não apreciavam nem um pouco as ideias do Escritor Que Não Tinha Boas Ideias. O Escritor Que Não Tinha Boas Ideias não fazia sexo com regularidade. Por isso ele, Escritor Que Não Tinha Boas Ideias, morria de inveja do Escritor Que Tinha Boas Ideias, que, por ter boas ideias, todas muito apreciadas pelos críticos literários, tinha toda a pinta de que fazia sexo o tempo todo.

O Escritor Que Não Tinha Boas Ideias leu, na coluna do Crítico Literário Do Jornal Do Momento, que o Escritor Que Tinha Boas Ideias tinha boas ideias o tempo todo, e morreu de dor-de-cotovelo porque ele, Escritor

Que Não Tinha Boas Ideias, apesar de se esforçar, não tinha boas ideias nunca, nem recebia as atenções do Crítico Literário Do Jornal Do Momento nem dos demais críticos literários. O Crítico Literário Do Jornal Do Momento sempre dizia aos colegas detestar as ideias dele, Escritor Que Não Tinha Boas Ideias, por não serem nem um pouco parecidas com as ideias do Escritor Que Tinha Boas Ideias, que, diga-se de passagem, além de ter toda a pinta de que fazia sexo o tempo todo, também tinha boas ideias o tempo todo. O Crítico Literário Do Jornal Do Momento também tinha lá as suas idcias. Mas O Crítico Literário Do Jornal Do Momento não morria de inveja do Escritor Que Tinha Boas Ideias, porque achava que as ideias do Escritor Que Tinha Boas Ideias, apesar de serem muito boas, não eram tão boas quanto as dele, Crítico Literário Do Jornal Do Momento, caso contrário, ele, Crítico Literário Do Jornal Do Momento, não teria dito em sua coluna que o Escritor Que Tinha Boas Ideias tinha boas ideias o tempo todo. Não, ele não seria tão louco. O Crítico Literário Do Jornal Do Momento tinha toda a pinta de que fazia sexo o tempo todo. O Crítico Literário Do Jornal Do Momento tinha toda a pinta de que fazia sexo com a Estagiária Loura, Bronzeada Pelo Sol, Do Crítico Literário Do Jornal Do Momento.

A Estagiária Loura, Bronzeada Pelo Sol, Do Crítico Literário Do Jornal Do Momento também achava que o

Escritor Que Tinha Boas Ideias tinha boas ideias o tempo todo. A Estagiária Loura, Bronzeada Pelo Sol, Do Crítico Literário Do Jornal Do Momento também achava que o Escritor Que Tinha Boas Ideias, além de ter boas ideias o tempo todo, tinha toda a pinta de que fazia sexo o tempo todo. A Estagiária Loura, Bronzeada Pelo Sol, Do Crítico Literário Do Jornal Do Momento achava que as ideias dele, Crítico Literário Do Jornal Do Momento, apesar de serem muito boas, não eram tão boas quanto as do Escritor Que Tinha Boas Ideias. A Secretária Loura, Bronzeada Pelo Sol, Do Diretor De Redação Do Jornal Do Momento, amiga íntima da Estagiária Loura, Bronzeada Pelo Sol, Do Crítico Literário Do Jornal Do Momento, também achava que as ideias dele, Crítico Literário Do Jornal Do Momento, apesar de serem muito boas, não eram tão boas quanto as do Escritor Que Tinha Boas Ideias. A Estagiária Loura, Bronzeada Pelo Sol, Do Crítico Literário Do Jornal Do Momento morria de inveja da Diretora De Marketing Da Editora Do Momento. A Diretora De Marketing Da Editora Do Momento era a diretora de marketing da editora que publicava os livros do Escritor Que Tinha Boas Ideias. A Estagiária Loura, Bronzeada Pelo Sol, Do Crítico Literário Do Jornal Do Momento morria de inveja da Diretora De Marketing Da Editora Do Momento porque ela, Diretora De Marketing Da Editora Do Momento, tinha toda a pinta de que fazia sexo o tempo todo com o Escritor Que Tinha Boas Ideias. De jeito algum, A Estagiária Loura, Bronzeada Pelo Sol, Do Crítico Literário Do Jornal Do Momento nem em um milhão de anos toparia fazer sexo com o Escritor Que Não Tinha Boas Ideias.

Kadáver kauteloso eskondido num baú

Estaba con la cabeza tan kolada nel piso cheio de fissuras, que seria moleza, pra cualquier persona en mi lugar, respirar toda aquela poeira de meses. Mas eu non respirei. Non respirei nese día y non respirei después que tudo akabou. Eu non respiraba mais. Deitada nel piso empoeirado, eu apenas escutaba las vibraciones del kasarão y los cicios de la floresta ao redor. Passos en la eskada. Aos trancos y barrancos, volví rapidinho pra dentro del baú de madera maciça. Assim que abaixei la tampa, comenzó la reclamación. "¡¿Porra, usted non consigue mismo ficar quieta, hein?! Pare de hacer barulho. Dese jeito el hijo de la puta vai me enkontrar. Y chegue pra allá, usted está me sufokando." Ese otro cuerpo dentro del baú ocupaba mucho espacio y ainda estaba respirando. (Somente hoje, gracias a la distancia nel calendario e na geografia, komeço a perceber la verdadera maldita indiscrição de tudo lo que akonteceu. Puta inconveniencia del karalho.) Presionada contra un brazo que non era el mío, contra un cuerpo caliente y suado, eu precisaba de la protección del silencio, pero non conseguía parar de me remexer. Quase non havia espaço. "¿Usted non konsegue ficar quieta, non es mismo? ¿Está mucho a fim de levar otro balaço, desa vez en los miolos? ¿Por qué non fecha los olhos y tira una soneka? Pelo menos até las coisas se acalmarem..." Pasos en la eskada, barulho na maçaneta de la puerta. Ergui só un pouquinho la tampa del baú. Non vi ninguém nel cuarto oscuro. Eu realmente non conseguia ficar quieta. Eran una cuestión de sangre, una cuestión moral, mi impaciencia, mis ruidos. Eu precisaba me remexer, do contrario seria la aceitación de la mais kompleta derrota. Clique. Por el buraco de la fechadura entró un facho de luz. Pero non había ninguém nel cuarto. Mucho extraño, mesmo. Eu olhaba por el buraco de la fechadura de dois en dois minutos. Ninguém. La puerta del cuarto iluminado ahora estaba abierta. Foram quase quinhentas olhadelas. Daba pra ver un pedaço del korredor y de la eskada. Daba pra ver la mesa nel centro del cuarto. Y encima de la mesa: leite, café, torradas, algunas frutas da época... Nunca mais konsegui olhar por el buraco de una fechadura sin sentir en la base de la espinha un arrepio mortal. Até que resolvi salir mais una vez de dentro del baú. "¡Fica quieta, desgraçada!" "Está mucho frío, eu tengo que salir daqui." "¡Ele vai me enkontrar, sua puta!" Abri la tampa y eskapei. Claudiquei até la eskada desierta. Voltei para el cuarto y parei na frente de la janela. Abrí una fresta en la kortina pesadíssima. Non había ninguém nel jardín y las orquídeas gigantes estaban deslumbrantes. Voltei pra eskada, que descia até la eskuridão del térreo. Ninguém. Então, pasos nel korredor, y las sombras se precipitaron unas sobre las otras. A luz del cuarto se apagó. ¿Quién? ¿O velho había abandonado el baú? Mis piernas congelaron. Precisaba voltar pra dentro del baú. Desisti. Era mejor fugir pro jardín y tentar a suerte con las magníficas orquídeas gigantes, todas karnívoras. Desci aos tropeções, después aos saltos, me chocando con la pared, tudo oscuro, passei pela puerta de la kozinha y cheguei en la sala, eskorreguei, bati la cabeza en una quina, un rayo de sol entraba por una janelinha, ergui-me y dei de cara con el joven Josef K., o filho. Su rosto pálido quase enkostou nel mío. Disparei na direción de la puerta del jardín y de la libertad. Enquanto iso, longe, nel cuarto penumbroso, dentro del baú, enkolhido dentro del baú de madera maciça, fechado nel eskurinho, estaba o pai, el viejo Josef K., molenga molenga, quase inmóvil, tentando eskapar de la venganza del filho. Atravessei corriendo el jardín, inexplicavelmente las orquídeas karnívoras non intentaron me abokanhar. Pulei el portão y kontinuei korrendo, non dei atención a los gritos que venían de la puerta del kasarão. Deixei los dois lá, pai y filho, a mesa puesta, leite, café, torradas, algunas frutas da época, filho y pai, uno en el jardín, el otro dentro del baú. Corrí catando kavaco, totalmente sin apetite, sin esperar pelo café da manhã. Pasé pela cova abierta de la mãe y los avós paternos, los tres cuerpos kansados ainda del lado de fora, fumando y jugando cartas. "Estávamos esperando usted. ¿Cadê el velho Josef?" "Vão se phoder ustedes también", eu grité. Continuei corriendo. Já estaba farta desa familia de mierda. ¡Farta! Principalmente de nuestras mesquinhas brigas matinais.

Meu tio o mameluco-malaco

para LRG, mamaluco voador

Nhem? Apê! Espia cá fora. Lua tá redonda-redonda... Alá ele chegando, alá. O colégio, ele quer mais notícia. Chega de longe, chega do asfalto, sapato limpo, na estica. Sobe a colina, quer ver os rios lá embaixo, feixe de peixe. Quer beijar a mão do Padranchieta. Salve-salve o soldado do papa, Padranchieta de Piratininga, mano meu. Sovou o barro, o estrume, a palha, o sangue de boi, sovou o colégio e a igreja. Hã? Taipa de padre. Nem de pedra nem de Pedro, de Paulo. Vai-vai, some-some moleque, casca fora capeta. Alá ele pedindo informação, logo-logo chegaqui. Hum? Nhor sim. Quer entrar, pode entrar. Meu barraco é barra limpa, é meu seu nosso vosso. Hum-hum, Mameluco Beleza, eu mesmo, quiéqui mecê manda? Manipu vê tudo no fundo da fogueira. Tevê de pobre é a fogueira, pajé adora. Hã? Né da Minerva não, é da dona Eva... Don'Eva do lixão. É, essa erva é da boa, quer cachimbar? E cachaça-onça, mecê bebe também? Camarada sentaí e eu te conto o que aconteceu. O acontecido-cedo no tecido do tempo. Te conto, te mostro no fogo. Mecê veio ver o quê? Tudo-tudo o quê? O pelourinho? A forca mecê já viu? Tá lá fora esperando pescoço. Ui, é. Escola das boas, o tronco e a forca. Ixe, mecê tá equivocado. Babel Babilônia foi fundada por jesuíndios. Foi fundada entre ontem e hoje, hontem. Fortificação da cruz tupi: cruzes e credos. Começou como casescola de pau e barro: catorze passos de largura, dez de comprimento. Nhor? Nhor sim, mano meu Tibiriçá ajudou a amassar o mato. A missa veio depois, a missa e a missão, a igreja e o colégio: São Paulo, onde o pau mental comia dia sim dia não. Tô falando bobagem? Axe, mecê não sabe de nada. Nhem? Borba Gato? Borra-botas do diabo, não se encontrou com o Gato de Botas, não. Que disparate! Hum-hum, Manipu Tupinambá não mente não-nunca-jamais, apê! Mecê tá chapado, meu chapa. Tava na taba, no forró-funk, né? Erva de lá não é da Don'Eva não, é do Belzebu, do Brasa-Viva, do Ó do Borogodó. Ih, hem! É menina-veneno tipo bororé, de ponta de flecha, deixa o bocó meio borocoxô. Manipu é mameluco-maluco mas não quebra a cara nas quebradas não. Ui ai, baile punk, balé funk... Forrobodó é nisso que dá. Se mecê marcar bobeira aqui-ali-acolá no Capão, na capital inteira, hum-hum, o capim mecê come pela raiz. Tipo-vacilão? Tipo assim-assim feito freira o bicho pega, tá ligado? Chegaqui cachimba mais, pode cachimbar, essa é da boa. Mas mecê quer saber mais do compadre meu Padranchieta, né? Quer beijar a mão do mano meu, né? Quer conhecer a vila, mexer no barro e na palha, né? Mecê é dotô-professor, né? Ia-nhã? Bom. Gosta de estudar o ontem-hoje, o hontem? Ui, se assuste não: bangue-bangue esse aí é toda noite. Oxente, faroeste de norte a sul. Acerto de conta é toma-lá-da-cá, não pagou o pau comeu: pó-pó-pó, pampampam e tomara-que-caia. Ó o auê aí, ó. Nhem? Ojeriza de jesuíndio, o dotô tem? Assaltestupro? Axe! E de negramarelo, de prêt-à-porteiro, de pé-rapado de Pretória? Mecê tem ojeriza? Pudera, pele boa a sua, brim-branquinha assim feito pó fininho. Cara-pálida dá muita bandeira aqui em cima. Hã-hã. Planalto de Piratininga aqui é matar ou morrer, eta morrão pele-vermelha. Cristo Redentor branco? Estátua da Liberdade branca? Nos barrancos daqui não tem não. Pra todo lado só mulato que late e morde. Mas não se borre não, oi, sangue bom. Barraco de Manipu é do balacobaco, dotô. Se é. Balaço perdido não balança-osso aqui não, o fogo não deixa. Sente a fogueira? A tigrada tem medo, tem respeito. Ninguém bole com Manipu não. Manipu-Xamã, me chamam assim. Manipu-Chama, mamaluco. Malaco louco, eu. Xi, às vezes dá chabu. Até meu padrim-poeta Padranchieta não gosta muito do rosto do fogo. Careta do capeta, ele diz. Ô Deus! Diz que faz mal à alma olhar o futuro, o passado. Hã? Do futuro não gosto, gosto só do passado.

Gosto de ver gente assim-assado, de frente. No futuro vejo tudo de costas. Bela bosta, o futuro parece que foge. O passado não, tá sempre presente o assanhado. Nhem? Outra cachimbada? Manda brasa, maria-fumaça da boa, né? Padranchieta amassou a palha e empalhou o barro pra amansar a indiarada. E mecê acha que hoje tá todo mundo manso-manso? Tá nada! Borba Gato não deixa. Axe, Borba Gato Barbazul quer índio flechando índio. Quer índio de quatro, esfolado. Vendendo crack no asfalto. Borba Gato faz gato-sapato de bugre. Até crucifica, se dá na telha. Esse tipo de cruz compadre meu Padranchieta não aprecia não. Hum-hum. Cruz apressada, sem prece. Borba Gato e mano meu Padranchieta, os dois batem boca direto. Cá entre nós... É, à boca pequena: o Borba é só bom de bico. Nhem? Faz chaça mas não dá coice. Boca-de-fumo mesmo cadê? Ainda não tomou nenhuma. Hã? Chacina? Quioquê!? Chacrinha! Só ameaça-choca, salto em falso. Veio cheio de cinema e nada, deu em chacota. Viciado em ópio, ele? Não, pior. Em ódio. Manipu Tupinambá sacou logo, hum, a bandeira dele. Com tupi-tampinha e crioulo-doido o bacana encana. Mete bronca. No branco não. Se o papa fosse preto? Se o Pelé fosse o papa? Vixe, desfalque no Santos: tava ferrada sua santidade. Mas o dotô-professor não crê nisso, né? Hã-hã. Crê descrendo, sei sei. Tudo culpa do ouro. Do ouro pra Europa. Ouropa, um roubo. Mameluco Beleza sabe-sempre-soube: o ouro rouba o siso da gente. Ah-hi. Mas não. O Gatuno de Barba, barbaridade, não surrupia sozinho. Tem esse Raposa também, esse aí, vê na fogueira? O do olho de ouro. Gato-raposa. Hontem atacaram, se atracaram com o mestre-de-obras, mano Manoel. Manoel da Nóbrega. No Tamanduateí. Danou-se, deu nó. Ié, hum-hum. Meu padrim Padranchieta ouviu o chá-chá-chá d'água gelada, o sururu. Mas, ô céus, errou de rio. Mergulhou no Anhangabaú. Pulou pelado. As cunhatãs lá lavando as partes ui ui. Mó mico. Nem arca nem baú: fuzarca no Anhangabaú. Rio bom de peixe, esse. Oi? Boa boa: de peixe e prexeca. O dotô pesca, aprecia? Rê rê, peixe, ô! Isca? Neca? Tá vidrado na fogueira, hein? Tá de olho na cidadela, labaredazeda. Mire veja, mire no fundo do fogo. Sampa é isso, mecê sabe: tudo certo-incerto, samba e banzo. Tudo é e não é. Tudo-mestiço, tudo gato-pardo no lusco-fusco. Alá a briga de galo: polícia-ladrão. Alá o tiroteio, bala-varejeira no vaivém. Ó só o pipoco. Alá a pá de panaca empapado de sangue. Pó pó pó de pirlimpimpim, desfile de rifle, fuzuê de fuzil. Tiro zumbindo, Zumbi. Sampa-Canudos-Palmares alá é aqui. Apê! Mameluco Beleza nessa hora ajoelha e reza, tá ligado? Mecê não sabe rezar? Avemaria-painosso, ia-nhã? Oxente, então reza. Reza pra El-Rei dom Lusitano lançar luz na nossa Vera Cruz. Os orixás, ai ai oxalá se juntem pra ajudar. Mas mecê tá muito branco. Nhem? Tá passando mal? Outra cachimbada? Cachacinha-onça, boa de bochechar né? Ei ei, não se assuste não. Axi, Manipu é de paz, não quer roubar não. Nem ouro nem couro não quero não. Quiéqui mecê tá fazendo, hã? Vira esse cano pra lá! Mecê não brinca não, epa. Ui ai. Cristo-jesus, quase me furou! O bangue-bangue não sai da fogueira não, é só passado. Nonada. Tiros que mecê ouviu foram de briga nova não, foram de brigantiga, Deus esteja. Precisa do tresoitão não. Olhaí, é, guarda a arma, guarda. O dotô-professor tá doente, tá variando. Hã-hã. A fogueira afaga assim sim. Se mexe não, fica quieto. Isso, fecha o olho. Descansa. Já-já o fogo-fátuo mastiga-engole mecê.

Os saltitantes seres da Lua

Que é aquilo que sobe do deserto
como colunas de fumaça,
exalando o perfume de mirra e de incenso
e de todos os aromas dos mercadores?

Cântico dos cânticos

Eu viajava a trezentos por hora, o sol ricocheteava em meus olhos, criando fantasmas ao redor da pista, o vento frio da manhã invadia minhas narinas, meus ouvidos, cada poro de meu poroso rosto, fazendo-me uivar feito um cão enraivecido, quando minha mulher bateu na porta do banheiro e gritou, corre, Heitor, eles estão chegando.

Imediatamente a pista inteira se dissolveu diante de mim.

Apertei a válvula da descarga, passei creme dental nas cerdas, terminei de escovar os dentes, penteei o cabelo, derramei um pouco de Eternity na palma da mão, esfreguei as mãos, passei-as no peito e no pescoço, vesti rapidamente as meias, a camiseta e a jaqueta, calcei as botas, apertei o cinto e saí.

Papai, papai, eles estão chegando, os caipiras, papai, eles estão chegando, corre, corre, papai, corre, eles estão chegando, os caipiras.

Pulavam ao meu redor, as crianças. Comecei a rir, diante dessa cena circense. Pulavam em câmera lenta, como se estivessem no vácuo, na superfície da Lua. Talvez eu devesse registrar esse plumplumplum para a posteridade, pensei. Cadê minha câmera? Enquanto um subia, o outro descia, alternadamente, os estranhos seres da Lua. Duas criaturas gordas, flutuantes, numa cratera qualquer, saldando-me alegremente.

Me esparramei de tanto rir.

Acorda, Heitor. Presta atenção no que você está fazendo.

Bebi de supetão uma xícara de café, sem ao menos tocar nas torradas. Queimei a língua, o palato e a faringe, apenas porque meus filhos não me deixavam em paz um minuto sequer, desde a noite anterior.

Papai, papai, eles estão chegando, papai, os caipiras, eles estão chegando, corre, corre, papai, corre, eles estão chegando.

As crianças não têm escola, hoje?

Hoje é domingo, você se esqueceu?

Como assim, domingo? Não estou vendo em cima da mesa o guia de tevê nem o suplemento feminino, nem todas aquelas merdas que sempre vêm encartadas no jornal, aos domingos. Não pode ser domingo. Não existem domingos sem guias de tevê. De maneira nenhuma. Isso não seria, não seria... dominical.

Você não espera que entreguem o jornal minutos antes de um ataque inimigo, espera?

Não estou vendo os quadrinhos, o horóscopo, os classificados e as resenhas literárias. Não estou vendo nada disso. Os classificados? O horóscopo? Onde estão o suplemento infantil, os quadrinhos? Onde estão as resenhas? Hoje não é domingo.

Pare com isso, Heitor!

Tudo bem, tudo bem, rendo-me a tua vontade, foda-se a falta de evidências.

Liguei a tevê do quarto das crianças. Estava fora do ar. Uma insana legião de insetos riscava o vídeo, produzindo uma paisagem sideral, um chiado monótono, choroso.

Mesmo assim as crianças me pediram que não desligasse o aparelho. Sentaram-se na cama, enquanto eu saía do quarto, e ficaram assistindo a essa contínua explosão cósmica, completamente alheias ao bafafá que corria pelas ruas da cidade.

Sim, meus amigos. Tratava-se definitivamente de um ataque.

Minha mulher e eu nos aproximamos da janela da sala. As cortinas estavam afastadas e a cidade, composta de várias camadas azuis e cinzas, erguia-se diante de nossos olhos.

Colados uns nos outros, havia uma infinidade de blocos de pedra maciça, cheios de luz e excitação, ligados por passarelas e pontes e gigantescas tubulações de água e eletricidade. Formavam uma parede áspera que se erguia até onde a vista alcançava, encobrindo parte do céu — uma muralha repleta de sulcos, de reentrâncias ora silenciosas ora jubilosas, cheias de ninhos de pombos e andorinhas.

A maioria dos blocos era composta por prédios residenciais. Entretanto, apesar de ser domingo, não havia vivalma nos apartamentos.

Os moradores? Estavam todos nas ruas, empunhando cartazes, megafones, rifles, fazendo uma algazarra dos diabos.

Fui ao meu quarto, subi numa cadeira e procurei meu rifle no maleiro. Não estava lá. Vasculhei todo o guarda-roupa. Havia centenas de pequenos embrulhos coloridos, menos meu valoroso rifle.

São os presentes de Natal, minha mulher me disse.

Mas estamos em abril, eu respondi, irritado.

Isso eu sei. Mas em abril os presentes custam mais barato.

Tudo bem, tudo bem, mas onde está o maldito rifle?

Na caixa dos guarda-chuvas.

Vai chamando o elevador. Eu vou logo em seguida.

Abri a caixa, vasculhei seu conteúdo e peguei o rifle, tomando o máximo de cuidado pra não sair armado de um guarda-chuva.

Olhei pela janela de meu quarto. Naquele lado não existia nenhum prolongamento da cidade. A parede do edifício descia com violência, terminando abruptamente num jardim de pedras pontiagudas. Além do jardim, na direção do horizonte, havia apenas um gramado malcuidado que, poucos metros depois, acabava em areia, algumas árvores maltrapilhas e muito céu celestial.

Estávamos na fronteira, na região mais perigosa, sujeita a ataques constantes. Entretanto, o ataque mais violento não viria dali.

Corri pro elevador. Minha mulher estava me aguardando, com a porta aberta. Descemos, excitados, os trinta e dois andares, mas sem dizer palavra. A viagem foi muito longa, tão longa que dava pra ter transado, mas desta vez não transamos, não dissemos palavra.

As crianças ficaram no quarto, vendo tevê.

A confusão na rua era tamanha que, por um segundo, eu senti medo. Muito medo. As pessoas corriam de um lado pro outro, histéricas. Alguns sujeitos vestidos de vermelho, em cima de picapes, gritavam em megafones, tentando impor ordem ao trânsito, ao fluxo desvairado de pedestres.

Minha mulher usava, além do vestido florido, joelheiras, cotoveleiras e capacete. Só então me dei conta de que havia esquecido meu capacete.

Por que você não me lembrou de pegar o capacete, antes de sair de casa? Todos os dias você me lembra do maldito capacete. Todos os dias, faça chuva ou faça sol. Por que não me lembrou dele, hoje?!

Este aqui é o teu capacete, seu idiota. Você emprestou o meu pra cretina da sua mãe, há seis meses, e se esqueceu de pegar de volta. Veja se tira a cabeça do mundo da lua, só um pouquinho, Heitor.

A maneira como minha esposa pronunciava meu nome, usando-o pra coroar, em certas horas, uma frase irônica, ou enraivecida, dava-me arrepios. Veja se tira a cabeça do mundo da lua, Heitor, veja se tira a cabeça do mundo da lua, Heitor, veja se. Terrível. Variando apenas o tom de voz, ela era capaz de repetir isso de mil maneiras diferentes, todas incrivelmente originais.

Vem comigo. Não fica aí parado com essa cara de ovo cozido.

Corremos até a esquina e nos juntamos a um grupo que saía do metrô.

Um velho sem dentes, careca, sujo de sangue, apoiado numa bengala, narrava, com os olhos cheios de lágrimas e horror, a invasão que seu bairro havia sofrido, duas horas antes, e a maneira como quase toda a família havia morrido, durante um ataque inesperado, numa explosão que destruíra seis quarteirões inteiros.

Minha mulher começou a demonstrar muito nervosismo. Na certa, estava pensando nas crianças.

Fique calma, o ataque está acontecendo no outro lado da cidade, eu lhe disse, procurando deixá-la menos ansiosa. Um surto de pânico poria tudo a perder.

Ela me abraçou e aninhou seu rosto em meu peito. Ficamos assim, quietos, assustados, durante todo o tempo que durou a história contada pelo velho banguela.

Um caminhão do exército nos apanhou na esquina da avenida Mato Grosso com a rua Capitão Pereira Leite e nos levou, atravessando toda a cidade, até o extremo da zona sul. Foi uma viagem bastante melancólica e cheia de percalços. Éramos dezesseis civis, cidadãos de bem, no entanto, ninguém disse palavra.

Éramos dezesseis civis, cidadãos de bem, todos armados de rifles. Estávamos tão espremidos na carroceria que nosso único temor era que um rifle disparasse acidentalmente, com os solavancos. Mas felizmente isso não aconteceu.

Passamos diante de um portão gigantesco, negro, de um edifício municipal. Repentinamente, suas rodas se moveram, com estrondo, rasgando os trilhos, fazendo tremer a calçada, deixando aberta uma bocarra assustadora.

Por um instante, senti-me mais aliviado. Dali, daquele fosso, disse a mim mesmo, só poderia emergir o batmóvel. Hip-hip-hurra! Batman e o batmóvel estariam conosco, mais cedo ou mais tarde, os pneus riscando as ruas com fogo. Isso me animou bastante. Senti-me, de novo, com dez anos de idade.

Toma cuidado pra não perder a caneta que eu te dei no teu aniversário, ouviu, minha mulher sussurrou em minha orelha, apontando pro corre-corre na rua, toma cuidado também pra não riscar o vidro do relógio que eu te dei no Natal, ela concluiu, pouco depois.

Seis mil pessoas estavam criando uma barricada pouco antes da margem esquerda do rio, sob as ordens de um coronel bastante experiente, gordinho e baixinho, que havia combatido na Segunda Guerra Mundial.

Movam-se, soldados, movam-se, ele gritava, pronunciando *soldados* com o mesmo desprezo com que pronunciaria *merdinhas*, *borra-botas*, *bundas-moles*, batendo com força em nossas costas, inspecionando rapidamente, apenas com os olhos, nossos rifles, movam-se, o que estão esperando pra pegarem e depositarem uns sacos de cimento, se possível sem deslocar o ombro, no alto daquela pilha?

Trabalhamos com afinco, rapazes, velhos, aleijados. Todavia, uma grande impotência tirava o brilho de nosso rosto. Todos pareciam estar sentindo que o trabalho, apesar de árduo, não iria conter a horda de caipiras que, em breve, estaria atravessando o rio.

Peguem suas armas, gritou um sargento, do alto de um prédio, o inimigo está chegando, peguem suas armas.

De repente, saindo e entrando mais uma vez na multidão, alguém pôs violentamente um capacete em minha cabeça, sem que eu sequer visse seu rosto. O sujeito me pôs um capacete e me empurrou pro alto de uma escada, de onde se descortinava todo o terreno além do rio, com sua vegetação rasteira e um intempestivo céu acinzentado.

No segundo seguinte, um vagalhão deslumbrante tomou conta dessa paisagem, alterando sua textura, assassinando-a. Um vagalhão composto quase exclusivamente de membros humanos perdidos numa massa colorida, braços, pernas, cabeças, aos gritos, rolando sobre a terra, sobre o rio, feito as ondas de um oceano furioso, catastrófico.

Alguém gritou, caipiras, caipiras, vários tiros cruzaram minha frente, tentei erguer meu rifle, porém era tarde demais. Estavam por todo o lado, os caipiras, milhares deles.

Uma horda irresistível, formada principalmente por homens de bermuda esfolada e camiseta curta, cabelo ensebado, olhos fundos e pele bronzeada pelo glorioso sol que inunda todos os dias as lavouras e os pastos.

Homens, sim, uma infinidade deles, com suas violas e serestas, preocupados apenas consigo mesmos e com o preço da arroba de seja-lá-o-que-for, arremessando tratores e caminhões velhos contra os muros da cidade, contra a fachada dos prédios. E mulheres também. Gordas, muito gordas. Cheias de celulite e sotaque. E crianças remelentas, um número incontável delas, trazendo bichinhos de estimação, um cabrito ou um pato, embaixo do braço, pedindo a bênção, padrinho, nadando peladas no córrego e apanhando jabuticaba no pé.

Lutei com todas as minhas forças. Dei socos, pernadas, perdi o equilíbrio e quase caí de cabeça no asfalto.

Lutei. Lutamos.

No entanto, em poucos minutos já estávamos, minha mulher, eu, o enorme grupo encarregado de defender esse setor da cidade, completamente submersos, desarmados.

Havia, por toda a parte, gente cheirando a gado e a verdura fresca. Estavam sobre nós, impedindo nossos movimentos, nos soterrando.

Bateram-me na cabeça com um pedaço de pau e meu capacete rolou. Tentei alcançá-lo esticando o braço. Após uma explosão, fragmentos de aço retorcido misturados com corpos humanos caíram sobre mim. Fechei os olhos, que ardiam. Bateram-me mais uma vez. Filhos da puta, gritei, enquanto reunia todas as minhas forças e começava a me erguer. Bateram-me mais uma vez. Xinguei os desgraçados, tentei ficar em pé. Porém, o peso sobre meu corpo era tamanho que mal consegui me arrastar por dez centímetro, no chão quente e sujo, antes de desfalecer.

Sem oxigênio, aprisionado sob uma montanha, meu peito pegou fogo.

Quase inconsciente, naveguei por uma infinidade de lembranças, todas bastante nítidas, porém sem nenhuma conexão umas com as outras. Lembrei-me de uma camisa xadrez sem gola e de um velho par de sapatos que me foram dados doze natais atrás. Lembrei-me de minha primeira professora de matemática, dos romances russos na estante da sala de estar e de como as folhas secas, sem medo da morte, se desprendiam do cajueiro que havia na casa de meus avós, há milhares de anos. Coisas assim.

A cidade agüentava firme.

O tumulto de sirenes e gemidos, na rua modificada, aos poucos foi ficando cada vez mais distante, a ponto de se tornar imperceptível. Isso fez que as últimas palavras de minha mulher, talvez uma advertência, talvez seu último pedido de socorro, antes tão distante, pudessem se aproximar e se fazer entender.

Com a visão bastante embaçada, procurei apurar os ouvidos, e dessa maneira, concentrado num único ponto do mundo, suas palavras conseguiram chegar até mim límpidas, poderosas, acorda, Heitor, vamos, acorda, pelo amor de Deus, presta atenção no que você está fazendo.

Acorda, papai, acorda.

Acordei com um zumbido irritante ziguezagueando dentro do crânio.

Eu estava esticado no chão, inerte, suando frio. Haviam improvisado um colchão com roupas sujas e me colocado em cima dele. Meus olhos ardiam e minha garganta parecia estar coberta por uma fina camada de pó.

Tossi várias vezes.

Minha mulher e meus filhos estavam ao meu lado, alisando meu cabelo, dando-me tapinhas no rosto, sacudindo-me levemente. No entanto, só vim a despertar de fato no momento em que me passaram nas faces um pano úmido, deixando que respingassem algumas gotas frias em meus olhos.

Eu me encontrava caído no agradável alpendre de uma casa antiga, localizada aparentemente no meio de lugar nenhum.

Corre, papai, corre, corre, gritavam meus filhos, pulando de lá pra cá, excitadíssimos. Iam até a porta, davam pulinhos de susto e retornavam, puxando-me pela manga da camisa, pela fivela do cinto, pelos bolsos das calças.

Minha mulher já não estava mais ao meu lado. Ela corria com as outras mulheres, dando ordens, arrastando móveis, trancando portas e janelas.

Corre, papai, corre, eles estão chegando, corre.

Sem saber o que fazer, fiquei sentado na soleira da porta, pernas cruzadas, olhando, sem forças, o interior da casa. Era rústico, mas extremamente acolhedor. O lustre da sala estava apagado e as cortinas, corridas, por isso não se via nada, além do contorno tranqüilo dos poucos objetos que ainda restavam em seu interior.

Olhei novamente pra fora e meus olhos doeram, ao passarem da escuridão pra luz matutina. Um cicio de insetos reforçava a atmosfera silvestre.

Heitor, pelo amor de Deus, levanta essa bunda do chão e carrega as cadeiras lá pra fora.

Estávamos no campo, num vilarejo qualquer, e havia, jogando poeira pra todos os lados, uma grande movimentação fora de casa.

Sentindo ainda uma forte dor na nuca, ergui-me, desci os degraus do alpendre, passei pelo jardim e fui até lá. A rua não era pavimentada. Por essa razão, a cada passo torto meus pés deslizavam nos pedregulhos como se caminhassem sobre esferas de vidro, levantando minúsculas nuvens quentes, vermelhas.

Um grande número de camponeses estava empilhando todo o tipo de coisas — armários, colchões, tábuas, geladeiras — na entrada da rua, usando como alicerce a cerca de arame farpado que circundava o vilarejo inteiro. A barricada estava com mais de dez metros de altura e, como pude perceber logo em seguida, em breve se transformaria numa sólida muralha, quase intransponível.

Ajuda aqui com este trambolho, minha mulher me gritou do alpendre, enquanto arrastava pra fora de casa nossa cômoda, caramba!, nossa única cômoda, um presente de minha mãe, na época de nosso casamento.

Antes que eu tivesse tempo de responder qualquer coisa, sem quê nem por quê, três homens fortinhos correram até lá, ergueram a cômoda e a atiraram, segundos depois, na base da barricada, a fim de torná-la o mais sólida possível.

Corre, papai, corre, eles estão chegando, os janotas, corre, papai, corre.

Minha mulher, saindo de nossa casa agora praticamente vazia, olhou-me fundo nos olhos, querendo com isso talvez me rasgar as entranhas, e aliando à frieza das pupilas um severo subir e descer de pálpebras — tremi inteiro — ela pôs em minhas mãos, com violência, uma espingarda de cano duplo, velha, velha.

Mexa-se, molengão, ela então me disse, toda pupilas e pálpebras, sem sequer mover os lábios. Havia muita amargura e decepção nessa última palavra, *molengão*.

Andei até uma escada de corda, a poucos metros de onde eu estava. Vários caçadores chegaram comigo, vindos de diferentes direções, todos trazendo uma espingarda carregada e um embornal com munição. Sem perda de tempo, nos pusemos a subir estabanadamente, ferindo os joelhos e os cotovelos nas quinas dos objetos empilhados, rezando pra que não viesse tudo abaixo, com o nosso peso.

Paramos a poucos centímetros do topo.

Um rapaz bonito, magro e moreno segurou meu braço e me perguntou, o senhor sabe usar isso aí, creio que sim, respondi-lhe, ótimo, ele sorriu, dizendo-me logo em seguida, assim que botarmos nossa cabeça pra fora, atira, entendeu, atira sem titubear.

Atirar sem titubear, sim, entendido, botei minha cabeça pra fora e comecei a atirar, bangue, bangue, bangue, uma, duas, três vezes, sem titubear.

Parei subitamente.

A paisagem, vista do alto, era belíssima. À nossa frente havia quilômetros e quilômetros de terra cuidadosamente cultivada, irrigada, geometrizada, banhada por uma luz orgânica, vermelha, cuja intensidade realçava ainda mais os tons de verde e ocre e azul das plantações, dos riachos, das estradas, dispostos por toda a parte, sob o exuberante carmesim do entardecer.

Um tiro de fuzil, vindo da direita, espatifou um espelho e uma cristaleira que estavam empilhados no topo, lançando milhares de cacos de vidro sobre todos os que se encontravam nas proximidades.

Nos abaixamos momentaneamente.

Passado o susto, erguemos a cabeça e voltamos a atirar, bangue, bangue, bangue, centenas de espingardas de cano duplo, todas atirando ao mesmo tempo, bangue, bangue, bangue, atirei, o rapaz magro atirou, todos atiramos, bangue, bangue, bangue, produzindo uma nuvem fedorenta, negra, sobre a barricada. O inimigo revidou, bangue, bangue, bangue, explodindo penteadeiras, guarda-roupas, espalhando meias e cuecas e calcinhas e sutiãs, enchendo o ar de roupas íntimas, também fragmentando bancos de madeira e tampos de mesa, nos pulverizando sem dó nem piedade.

A roça agüentava firme.

Vários disparos atingiram a boiada, no curral improvisado dentro da vila, quase provocando um estouro. O uivo aterrorizado e aterrorizante do gado subiu bem alto e se misturou com a fumaça malcheirosa, antes de cair com violência sobre nós.

Erguemos novamente a cabeça e voltamos a atirar, bangue, bangue, bangue, mirando o vazio. Os disparos que partiam dos janotas, porém, eram mais numerosos e sufocantes.

Pula, peão, pula, gritou-me o rapaz magro, soltando sua espingarda, saltando e desaparecendo num lençol de fuligem, opaco, sólido, estendido sem rugas abaixo de nós, cobrindo parcialmente meus pés, engolindo tudo.

Pula, Heitor, pula, minha mulher repetiu, descendo, apressada, a escada de corda.

Sem nenhum aviso, o céu desapareceu e toda a terra se viu tragada, de norte a sul, quando, saindo da nuvem de pólvora queimada, uma fileira fantástica de edifícios rasgou as plantações e colidiu com nossa barricada, estraçalhando-a como se fosse feita apenas de papelão, arremessando-nos de volta ao solo.

No ar rarefeito, em queda livre, provavelmente por alguma disfunção de minha mente, passei a ver e a ouvir, mais uma vez, tudo o que se desfazia — barricada, casas, corpos, gritos — em câmera lenta.

Sem pressa, a nuvem de fuligem que nos rodeava começou a se mover, como se fosse um bloco de pedra, uma nuvem sólida, rolando no vácuo, destruindo qualquer coisa que encontrasse pela frente — minha Virgem Maria, cadê você?!

Mas a Mãe de Jesus não veio em nosso auxílio...

Uma silhueta imponente, composta de mil anúncios luminosos, de mil vitrines congestionadas, ergueu-se devagar, interrompendo a luz do sol poente, projetando sobre nós a cacofônica balbúrdia do trânsito, das filas nos bancos, dos elevadores e das indústrias automatizadas.

Desabei no chão, de costas, e foi como se várias agulhas estivessem me espetando ao mesmo tempo, tamanha a dor que correu pelo meu corpo. Pouco antes de apagar de vez, ainda estirado no chão, olhei pras infinitas janelas dos incontáveis edifícios que, sem pressa, iam tomando conta do vilarejo, das lavouras, dos pastos, e vi numa delas, não saberia dizer se em sonho ou se acordado, meu próprio rosto sereno, inexpressivo, olhando-me de volta.

Em seguida, desmaiei.

Desacordado, flutuei no limbo. Sem poder evitar, tornei a navegar pelas lembranças mais inesperadas. Meu primeiro time de futebol de botão, a chuva pipocando na janela da cozinha no outono, as bonecas de louça de minha irmã, nossa cachorra caolha, coisas assim — calma nostalgia.

Heitor, sai desse banheiro, pelo amor de Deus, minha mulher me disse, com a voz bastante alterada.

Papai, papai, eles estão chegando, papai, papai, eles estão chegando, vovô, vovó, tio Bebeto, tia Vânia, tia Sandra, os primos Dudu e Fabi, eles estão chegando, papai.

Olhei-me mais uma vez no espelho.

Havia um homem no fundo dessa superfície gelada, um homem cujo passado, por sinal totalmente diferente do meu, veio de repente de encontro a mim, de encontro a meus pensamentos, confundindo-me, confundindo-os, durante os poucos segundos em que nos observamos.

Estou envelhecendo, comentei comigo mesmo, apalpando-me as faces. Olhei bem no fundo desses olhos que me olhavam, estou envelhecendo, repeti, sentindo com a ponta das unhas a borracha flácida das bochechas, primeiro, depois a papada embaixo do queixo.

Pelo amor de Deus, acorda, Heitor, minha mulher me gritou, dando, com o nó dos dedos, duas batidas na porta do banheiro, pouco antes de, seguida pelos incríveis e saltitantes seres da Lua, abrir a porta da sala pros meus pais, pra galera toda.

Lua, 1969

Ela tem febre, pergunto ao que está à minha frente. Por uma questão de conveniência, irei chamá-lo a partir de agora de O Que Está À Minha Frente.

Sim, ele me responde, sem se virar.

Isso não é nada bom. Há quanto tempo ela está com febre, eu pergunto duas, três vezes, antes que ele se anime a responder.

Quatro dias, parece. Tempo mais do que suficiente pra levar uma criança à morte, eu acho. Mas esta aqui não morre. Vê? Está nos observando com o rabo do olho. Sabe que estamos aqui. Isso lhe dá forças, não é mesmo?

Ele agora não está mais à minha frente. Está encostado no batente da porta, mas ainda assim tão próximo do meu corpo que quase posso sentir seu hálito avermelhado.

Não seja idiota, eu digo, afastando-me um pouco da criança. Ninguém pode lhe dar forças. Não agora. Muito menos de onde estamos. Ela nos vê? É provável que sim. Pensando bem... Será? Quem garante? Não sei, tenho minhas dúvidas. Talvez nos veja, mas é só isso. Estou confuso. Não me venha com ideias, eu continuo a dizer, usando propositadamente um tom áspero, agressivo, talvez por me sentir centenas de quilômetros abaixo da entidade que me ouve.

Ele por sua vez nada responde, o que só faz aumentar ainda mais o intervalo entre nós.

A casa não é muito grande. Tem apenas um quarto, uma sala, um banheiro estreito e uma cozinha. Dentro tudo é muito sufocante. Fora há a imensidão do mundo, dos planetas e das estrelas, porque já passa das sete.

A criança está no quarto, deitada num berço pequeno e pobre. No cômodo ao lado, na cozinha, estão os pais da criança, perdidos na escuridão, as silhuetas toscamente delineadas pela luz que vem de fora, do poste rente ao muro.

Enfio meu corpo através da parede, pra ouvir o que tanto discutem.

Falam, os pais, da provável existência de um médico, em algum lugar depois do rio. Falam do atraso do barqueiro, com a receita encomendada há algum tempo.

Volto pelo mesmo caminho.

Sem querer, impelido pelo atrito com os tijolos da parede, penetro uns centímetros no corpo da criança, provocando-lhe um calafrio. O toque faz crescer em mim uma vaga ideia de calor, uma sensação antiga, curiosa. Como se eu tivesse penetrado não um corpo doente, mas uma antessala forrada de espuma vermelha, pulsante, cheia de sangue e artérias.

O Que Está À Minha Frente reprova minha desatenção.

Mantenha-se longe da criança, ele ordena.

Observando-a de perto, logo fica claro ao menos pra mim que ela não viverá. Que diabos. Que ela não viverá sequer pra ver, através da fresta na janela fechada, a luz do dia seguinte.

O Que Está À Minha Frente, mesmo estando em outra posição, estará sempre à minha frente. Ele se aproxima, agora por trás, movendo sobre a criança o ar, mas na verdade sem mover realmente o ar, coisa que eu jamais saberei fazer.

Que ubíqua luminosidade é esta que, vazando da parede da sala de estar, preenche a atmosfera, hipnotiza e comove as pessoas que lá se encontram, ele me pergunta, apontando para um fio prateado que entra por baixo da porta.

É provavelmente a luz da Lua, eu digo.

Digo isso com firmeza, mas ele agora já não me dá a menor atenção.

O Que Está À Minha Frente não está nem um pouco interessado nos eventos celestes. Prefere se esparramar pelo quarto, sentir feito um termômetro a temperatura ambiente, verificar se as janelas estão bem fechadas, cuidar da criança.

Os pais conversam no cômodo ao lado, a cozinha.

Na sala, ao contrário, não se ouve voz alguma. Nela está reunido, neste instante, o que sobrou da família da criança.

Diante de um sofá cheio de arranhões, de uma mesinha e duas cadeiras, está também um velho aparelho de tevê, chama ofuscante e avassaladora que a todos seduz e domina. É o único indício da grande riqueza e opulência em que outrora viviam os moradores desta casa. Labareda irreal e sonora, esse aparelho de tevê, cuja imagem ainda apresenta milagrosamente a mesma nitidez e euforia que apresentava há muitos anos.

Porém, tanto para O Que Está À Minha Frente quanto pra mim, a riqueza dilapidada e a chama ofuscante já não significam muita coisa. São meras desculpas para uma questão não respondida, para uns acidentes jamais levados a sério, cuja importância também há muito deixou de ser discutida e respeitada nesta casa, na vizinhança, em toda parte.

Estão na sala os tios, primos e avós — a família da criança — e alguns amigos, uns sentados, uns em pé, sem falar. Estão na frente do raio fulminante, da luz que, uma vez acesa, mesmo com o vagaroso passar das horas se recusa a cessar.

Ninguém diz nada, ninguém esboça o menor gesto. Estão como troncos inertes diante de uma tempestade luminosa.

Não há muitos móveis na sala, apenas os que eu já mencionei. Mesmo assim o grupo parece não ter nenhum interesse em se desfazer. Estão embevecidos pela fulgurante faísca relampejante que, envolvendo a luz que vem da tevê, explode igual a silenciosos fogos de artifício, queimando pestanas e pupilas.

Pelo pouco que me é dado perceber, a luz nesse momento está falando a fala da Lua. Como eu havia suposto, sua coloração é sideral e sua temperatura, pré-histórica. É por isso que as pessoas na sala permanecem tão quietas.

Penetro numa delas — um velho malvestido, meio sonolento, meio admirado — e o fluxo ancestral de seus pensamentos num minuto arrebata minha atenção, concentrando-a na figura dos homens lunares.

Até agora eu não havia percebido a presença de tais figuras.

O velho... Direcionando suas emoções para o ponto que me interessa, percebo as crenças mais profundas deste pobre homem. São tão ingênuas. Porém, como é de se supor, têm as raízes fincadas num tempo imemorial. Daí a sua total falta de desconfiança em relação ao que o rodeia.

Ele acha que a criança está de alguma maneira protegida por seu próprio destino, eu falo aO Que Está À Minha Frente, de dentro do velho, aproveitando uma ligeira interrupção no contínuo bombeamento das emoções que circulam em seu corpo.

Ele acredita de verdade em algo que não consigo compreender muito bem. Na sobrevivência do mais fraco, talvez. É o que me parece quando descubro que ele, da mesma forma que seus amigos, veio muito jovem pra esta terra, veio primeiro a cavalo, depois puxando uma carroça, com a mulher e os filhos, e, nos cinqüenta anos em que viveu aqui, jamais experimentou qualquer tipo de ausência ou medo em relação ao que considera ser seu lar verdadeiro.

Ele, através da parede fulgurante, vê a luz que vem da Lua, os homens, a máquina de vencer distâncias que os levou até lá, o deserto fantástico, sua superfície prateada e porosa, e sabe que a criança não morrerá. Ele também sabe que estamos aqui pra protegê-la.

O Que Está À Minha Frente me arranca violentamente do interior do velho.

O que você pretende fazer? Matar esse infeliz?

Só então me dou conta de que o velho está muito pálido, sentado sem forças numa poltrona remendada, e de que suas mãos tremem, enquanto da sua boca sai um fio de saliva.

Porém mais ninguém na sala percebe isso. Estão por demais hipnotizados pelo raio verde de paredes frias pra perceber que o velho não está apenas cochilando. Coitado... Felizmente aos poucos suas feições acabam retornando ao normal.

A mesma Lua que entra pela janela da sala entra pela parede de luz expelida pela tevê. No entanto, esta, como que vista pelas lentes de um maravilhoso telescópio, é muito maior, mais nítida, mais luminosa, mais onírica.

A Lua da janela não provoca nenhum calafrio.

A Lua da parede, inversamente, possui a atmosfera do fundo do mar, vagarosa e infinita, e a sensação de sonho é ainda mais sobrenatural quando uma figura humana, protegida por um delicado traje de mergulho feito de seda, atravessa essa atmosfera, a uma grande distância, sem sequer arranhá-la.

Esse mergulhador está envolvido pelo mais absoluto vazio, o silêncio. Está isolado, e provavelmente sabe disso. Sabe que, uma vez lá em cima, se houver algum acidente, nenhum de nós poderá ajudá-lo, nem O Que Está À Minha Frente, nem eu, nem ninguém. E é isso que o torna tão sublime para os daqui de baixo. Ele anda, salta e dança no ar que não existe, feito um trapezista sem rede de proteção, e tudo o que nos é permitido fazer é tão-só observá-lo.

Nesse momento a magia que vem de longe é tão irresistível que, na sala, todos, incluindo o velho agora mais uma vez acordado, passam a flutuar junto com o homem lunar. Flutuam ao redor do tapete gasto, sobre os móveis manchados, movendo delicadamente as mãos, respirando o fluido nuclear que vem de fora, do sonho de outras pessoas. Tanto das que passam na rua quanto das que também permaneceram em casa hoje, apenas pra seguir, de maneira igual, a mesma viagem.

Por um segundo todos nós nos tornamos entidades siderais.

Por isso o velho acredita tão firmemente que a criança não morrerá, digo a mim mesmo, de maneira clara, pra que O Que Está À Minha Frente possa ler e compreender meus pensamentos.

No entanto, O Que Está À Minha Frente não está mais à minha frente, nem ao meu lado, nem sobre mim. Ele está fora do quarto, fora da casa, quieto, distante da Terra e da Lua.

O vento, na rua, investe contra os cantos da casa em arremessos ruidosos, alarmantes, feito um corpo pesado que, devagar, vai despencando do alto.

O Que Está À Minha Frente imita, quase a contragosto, as pancadas do vento.

A criança está morta, ele diz afinal.

Diz isso como se dissesse, hoje vai chover, ou como se revelasse algo do tipo, faltam tantos dias para o inverno e mais tantos para o final do ano, ou qualquer coisa parecida, e de início isso me deixa apalermado, e em seguida enlouquecido, com uma vontade irresistível de tornar a agredi-lo, mas desta vez com toda a minha força e não apenas com palavras, como venho fazendo desde que nos conhecemos.

Morta? Você disse, morta? Como pode saber? Você nem sequer se aproximou daquela criança! Você jamais se aproximou de quem quer que fosse! Como pode saber?

Ele sabe.

Como poderia não saber? Meu companheiro... Seu corpo apresenta uma coloração gelada. A mesma coloração tão comum, tão fria, que vemos quando tentamos — nós, os de nossa espécie — penetrar e permanecer por muito tempo em algum tipo de matéria inanimada.

O Que Está À Minha Frente caminha mais um pouco e se refugia num canto deserto e escuro, entre o luar que cai sobre o gramado e a única porta iluminada, a da sala de estar. Lá, acomoda-se da melhor maneira possível na relva e logo mergulha num descuidado devaneio. Nesse sonho indiferente que costuma ser o seu estado de espírito habitual, quando está longe das pessoas e de si mesmo.

Descendo o morro, na rua de terra batida, um pequeno grupo de crianças brinca sob a luz de um poste um pouco perdido na escuridão vegetativa.

A rua é íngreme, acidentada, porém isso não impede que corram por ela.

Brincam, meninos e meninas e uma sacola recheada de objetos tirados do lixo, de transformar velhas quinquilharias em potentes propulsores. Brincam de argonautas, de humanos flutuantes, formando um novo grupo de verdadeiros Armstrongs, Aldrins, Collins, cheios de vida e brilho, navegando ao redor das próprias sombras, ao redor do que acabaram de presenciar na sala de estar de suas casas, na parede fulgurante da tevê.

Aos gritos atravessam a espiral do tempo, a encruzilhada de todas as linhas, usando como foguete fugazes bolhas de sabão ou qualquer coisa semelhante, soltas, elípticas, ora dentro do cone de luz — um milhão de sóis flutuantes —, ora muito longe dele, no vazio paleolítico do espaço. Viajam da realidade ao sonho, e o veículo que utilizam pra passar de um estado ao outro sem correr o risco de envelhecerem, de morrerem congelados, é uma pequena lata de azeite meio amassada nas laterais, em cujo topo seus nomes, Joca, Gui, Lia, Lilica, Chiclete, foram solenemente inscritos com um prego enferrujado.

Não Sei Bem O Quê, aqui

Somos uma família numerosa. Quando Não Sei Bem O Quê passou por aqui, Quem Você Pensa Que É não soube dizer com certeza o que ele estaria procurando numa rua tão longe da sua, ou o que ele pretendia fazer com todos nós, seus antigos companheiros de infância transformados agora em velhos inimigos (não tão velhos assim, afinal ele não esqueceu o caminho que, a torto e a direito, o arrastou até aqui), ou o porquê da sua presença entre nós àquela hora da noite, quando esperávamos que tudo já estivesse resolvido, e o passado, o passado inteiro, já não existisse mais, pelo menos não em nossa lembrança, e tudo de mal-passado que pudéssemos ter feito contra os visitantes e os vizinhos já não estivesse mais presente, nem aqui nem lá, porém muito mais adiante, completamente enterrado bem longe de nossa consciência. No entanto, Não Sei Bem O Quê parecia pensar de modo diferente, muito mau e diferente. Enfurecidos, seus olhos procuraram muito mais do que vingança, olhos de fogo, pobres e velhos, quase sem alma. Na verdade, ninguém soube dizer com certeza o que tudo aquilo significava. Paralisados, mal nos foi possível acrescentar um simples ! de constrangimento, tão comum em nossa língua, quanto mais três !!!, esse quê da mais pura admiração, pobres papa-palavras que somos. Tão paralisados que nem ao menos o reconhecemos, pelo menos não de imediato. Afinal, os olhos são pra olhar e os ouvidos, pra ouvir. Mas a noite tudo endurece. Nela quase não dá pra enxergar nada, quase não dá pra escutar nada, quando então o sono vem e os sons se transformam nessa sinfonia fina, invisível de se ouvir, inaudível de se ver. Quando Não Sei Bem O Quê passou por aqui, todos disseram, aí está, vejam só, Ele Não Sabe O Que Quer. Grande engano. A princípio, ninguém se assustou. Ninguém, exceto Prazer Em Conhecê-lo, naquele momento deitado embaixo da escada, inteiramente nu, assediando o próprio cacete, Pau Que O Diabo Amassou. Passados alguns minutos, Antes Tarde Do Que Nunca desceu a escada correndo, trazendo na mão as últimas notícias, as mais quentes, o rádio de pilha ainda fervendo, prestes a explodir em nossa cara a verdade de um crime que todos gostariam de esquecer: Ele Não Sabe O Que Quer acabara de ser visto — por quem? É óbvio que por Só Deus Sabe Quem, sujeito honesto e extremamente observador —, havia poucas horas, passeando pela pequena praça de um vilarejo próximo, mas distante, Longe De Qualquer Suspeita, esse o nome do vilarejo, provavelmente um nome falso, inventado pra manter se não Todas As Aparências, ao menos Algumas. Fora de si, dentro da escuridão, Isso Não Se Faz acendeu a luz no momento exato em que nascia o sol, em que um céu flamejante ascendia sobre nossos ombros. Perdidos, todos, numa fúria invisível, descemos aos tropeções, apavorados, pra luz do dia. Não Fale Uma Coisa Dessas saiu sem fechar a porta, furiosa porque Assim É A Vida, parada na escada, completamente apalermada, não conseguia compreender toda a complexidade daquele momento, toda a sua poesia, e por isso mesmo Antes Que Pudéssemos Fazer Qualquer Coisa foi tragado pelo vácuo que se formou às nossas costas, sem piedade. Fora de casa, continuamos a correr à procura de ajuda, qualquer ajuda, por mais insignificante que fosse. Não é que não estivéssemos preparados pra uma visita de cortesia, ou até mesmo pra um ataque frontal. Isso não. Estávamos preparados, e com certeza ansiosos, porque a expectativa era de que, quando acontecesse, esse encontro seria um brutal ataque frontal e não apenas uma educada visita de cortesia, mesmo que fosse apenas uma educada visita de cortesia, entende? Quando Não Sei Bem O Quê passou por aqui, ninguém soube dizer exatamente quem ele era, ninguém. Era noite e todos disseram, aí está Em Que Posso Servi-lo, depois de tanto tempo, mas ainda firme e saudável, apesar da idade e da roupa em farrapos. Ou seria Depois De Tanto Tempo, um pouco mais envelhecido graças aos dias de trabalho nas minas, daí sua semelhança Com Quem Você Pensa Que Está Falando? Não sei. Muitos foram os nomes chamados, poucos os escolhidos. Havia tanta gente na praça naquele instante, que era impossível distinguir uma coisa da outra, um nome de um homem. E o intruso ali parado, escarnecendo de toda a gente, estava mais Pra Encurtar A História do que Pra Baixo Todo O Santo Ajuda. Talvez porque pra ele — dragão invencível, fênix insondável —, transformar-se em cada um de nós em nossa presença, tornando-nos apenas uma imagem refletida em seu imenso rosto pálido, era muito mais fácil do que poderia supor nossa vilã filosofia — naquele momento, uma afirmação existencial muito mal resolvida. Não Sei Bem O Quê, em sua furiosa busca de vingança, os movimentos rápidos e ritmados, metamorfoseava-se na primeira pessoa que aparecia pela frente com tamanha falta de pudor que, touché, o gesto beirava o completo desatino. Tudo isso com um único objetivo: atordoar. Ninguém em sã consciência gostava de acompanhar pelas ruas a própria assombração, imagem sem alma de si mesmo, bastante visível a olho nu. O desgraçado se transformava em todos: Prazer Em Conhecê-lo, Não É O Que Você Está Pensando... Era tão grande sua rapidez que mal podíamos acompanhá-lo. Nesse zás-trás, ele trocava de pele e de roupa diante de nossa cara quase transparente, inquieta, como se tentasse nos dizer, amadinhos, estou mais uma vez aqui, durante muito tempo esperei por isso, e agora, mesmo percebendo que nada do que eu fizer ou gritar fará o menor sentido pra mim ou pra vocês, por que não seguir sempre em frente? — E só. Essa, em geral, era sua maneira perversa de vingança. Maneira muito particular, concordo, mas bastante eficaz, diante da qual tudo o que podíamos fazer era assistir e esperar, esperar e assistir, nada mais. Isso no início. Depois, Enquanto Há Vida Há Esperança, quando menos se esperava, partiu pro ataque, movendo-se entre paus e pedras, afinal A Fé Remove Montanhas, correto? Ofendida com a simples ameaça de ser xerocada — imagine só ter uma cópia sua dançando eternamente ao seu redor —, ela partiu pra porrada. E nós? Aiô, Silver! Tal reação levantou tanta poeira que mal conseguimos ficar em pé sem tossir. (Existe uma grande dose de ousadia na falta de coragem; se não vigorosa força, ao menos inocente constrangimento.) Diante da praça e diante de nós mesmos, repetidos ad nauseam, abruptamente demos meia-volta, de maneira que ficamos de costas uns pros outros e todos pra praça, apartados de toda a violência e pouca-vergonha. Ou quase isso, porque o pó, mesmo assim, durante muito tempo continuou nos ressecando a garganta e fazendo cócegas nos olhos, sem que pudéssemos evitar nem levitar.

Fábula rasa

Conta-se, houve, não há muito tempo, sete anões muito altos e sacanas, que não paravam de bolinar nossos moinhos de vento. Não eram irmãos, mas sua mãe era uma velha donzela muito bela de corpo e de espírito altivo, sonâmbula, completamente louca e desequilibrada no trato com as crianças e os cavalos. E mereceu essa mulher, muito nobre de linhagem e abundante de bens e fortuna, ser amada sumamente por um velho nobre de boa casaca, que atirava pedrinhas pelo caminho, muitas. Chamava-se Anselmo, ele. Ela, Helena, e, tendo enviuvado, não desejou mais se casar, conta-se, apaixonando-se todavia por um jovem belo e gentil, súdito do rei e do reino. Entretanto, esse jovem, como acontece à maioria dos homens mentalmente desorientados, enamorou-se de uma gentil dama chamada Joana, tida no seu tempo como das mais belas e espirituosas, pois era muito feia e sem graça, tanto que durante as refeições, sempre cruel com os empregados, preferia carne humana ao tradicional coq au vin. Apesar de mudo, pra conquistá-la ele entoava canções e fazia festas e dava-lhe presentes e gastava sem freio a fortuna da família. Mas ela, não menos honesta do que bela, não menos surda do que cega, não apreciava as coisas que por ela, conta-se, ele fazia e dizia, dizia e fazia, exceto, quem sabe, a excitante expectativa de um possível suicídio, pois a gentil dama apreciava e sentia em si um desejo meramente carnal, sturm und drang, ou quase. Ele, homem pobre que era, apesar de rico, tanto a amava que por ela, tomado de imensa dor, não se matou, antes decidiu se casar com uma camponesinha agradável e bela, de cor amorenada, cujo único defeito era ser tão pobre quanto ele, afinal, era ela riquíssima, mas muito feia. Tudo isso, todavia, não tem a menor importância. Aconteceu, por aqueles tempos, que um cavalheiro de boa sina e bom nome, homem nobre de nossa cidade, não obstante o mau hálito e os maus hábitos, tendo estudado por muito tempo em Paris, retornou a sua casa e morreu. Imediatamente festejou-se um abundante banquete na mansão imperial, e todos, literalmente todos, fartaram-se sem a menor cerimônia, visto que, ó meus irmãos, esse santo homem de nossa cidade, apesar de bom, era ele muito, muito mau, caso contrário, na opinião de toda a gente pretérita e futura, não seria ele considerado a pior criatura que já existiu sobre a face da Terra. Pois bem, por ele Joana se apaixonou. Principalmente porque, naquele momento, as celebrações do coito — esse guloso beijo de pequenos e grandes lábios — calavam fundo no coração macio e curvo das donzelas. Mas do amor nada escapa. Nada! E aos filhos de tão festejado defunto, durante o final do funeral sucedeu-se o que se sucede, com freqüência, àqueles de conhecimento menos profundo, que são, por isso mesmo, mais fácil presa de certas indisposições juvenis: a viadagem mais do que a vadiagem, ou ambas. Entre eles, entretanto, havia um, literalmente um, que não compartilhava da mesma posição que os irmãos. Este, embora superasse os outros jovens em estatura e beleza, era quase imbecil, e desesperadamente gago, com sua voz grossa e disforme, quase anal, e suas maneiras primitivas e malformadas, sendo ele, em quase todas as ocasiões, mais besta do que homem. Por caçoada, todos o chamavam Pé-de-Cabra, que na língua deles soava como na nossa soaria Cu-de-Cobra, ou Cocô-de-Mosca, ou seja, um idiota completo. Nas refeições, não conseguia manusear os talheres sem machucar o nariz. Quando enfiava as mãos no bolso da calça, não sabia mais tirá-las de lá. Pra dormir, era necessário que lhe fechassem os olhos. Por ele, conta-se, Helena se apaixonou. Por ele, assim nos contam as crônicas da época, se apaixonaram todos os outros, homens e mulheres, e até mesmo a doce e gentil Ifigênia, jovem de maravilhosa beleza e descendente de nobilíssimos senhores, completamente envelhecida e banguela, devido mais à lepra do que às poucas porém freqüentes sessões de sodomia realizadas à noite, com os empregados. Por ele, cheia de ódio, se apaixonou também

Beatriz. De tal maneira o amava, tão doloroso era seu sentimento por ele, que, ao menor sinal de sua presença, era ela tomada de nauseabundo enjoo e incontrolável desejo de se atirar, se não do alto da torre mais alta, ao menos sob as rodas de uma carroça qualquer. Pé-de-Cabra, também conhecido como Axila — entre nós, Sovaco, infeliz tradução que ainda hoje, apesar da distância, não cheira lá muito bem —, durante o banquete fez muito sucesso. E dele, conta-se, todos conseguiram muitos favores e disposições, pra seu deleite e entretenimento, mas não conseguiram o principal: sua carne. Entre um e outro brinde, apesar do forte desejo, ninguém sequer chegou a lhe chupar as omoplatas. Mas isso não tem a menor importância, ó meus irmãos. Porque dele nenhum pintor deixou-nos um retrato, nenhum escritor, uma detalhada descrição, e hoje tudo o que sabemos a seu respeito — seus cacoetes, sua dicção — provém basicamente do depoimento de parentes e amigos, de alguns fragmentos de cartas e crônicas, poucas, escritas naquela época, havendo também quem afirme, com muita segurança, o contrário do que se acredita, ou seja, a inexistência de tal pessoa. "Pé-de-Cabra: pura pilhéria", dizem os libertinos mais nobres e virtuosos. Tudo não passaria de uma inocente brincadeira, levada adiante por um grupo de estudantes, que — afinal, o amor! —, em pontos diferentes da cidade e em diferentes leitos, teria feito uso desse pseudônimo com a intenção não só de criar um mito, mas também de passar despercebido frente a uma desconfiada trincheira de maridos traídos. E o autor dessa estranha solução, para um mistério que ainda hoje tira o sono da infeliz maioria dos maiores estudiosos, foi o excelentíssimo doutor Diego López (na verdade, dom Alonso Diego López de Zúñiga y Soutomayor, duque de Béjar, marquês de Gibraleão, conde de Benalcázar y Banhares, visconde do Pueblo de Alcocer, senhor das Vilas de Capilha, Curiel e Burguilhos). Porém, atualmente já se sabe que — oh burla, oh ficção! —, apesar de estar bem na minha frente, bebendo meu conhaque e fumando um de meus charutos, tal doutor jamais existiu.

A peste

De frente para um depósito de materiais elétricos, o prédio, caindo aos pedaços, incrustado numa composição sólida e circular formada por dezenas de outros prédios (semelhante a Stonehenge), representa o pior momento em meus encontros com Antônia. O pior momento. Nos dias de chuva, as ruas e avenidas inundam, o trânsito pára, os automóveis ficam atolados nas esquinas e tudo o que as pessoas podem fazer, nessa situação medonha, é tentar correr para um local mais seguro, longe da enchente, carregando consigo o máximo que puderem. Nessas horas, todo o lixo do bairro parece flutuar das calçadas pra dentro das casas e da portaria dos edifícios, às vezes entrando pelas janelas do primeiro andar, invadindo corredores e escadas, nos sitiando. No calor de um dia ensolarado, as crianças costumam fazer as necessidades nos cantos escuros, e o cheiro horrível de urina e fezes, misturado ao vapor da lama grudada nas paredes, cria uma atmosfera insalubre, terrível. Nesses dias de seca e suor, nossos pulmões, devido à poluição que sai das chaminés industriais, queimam a cada minuto, literalmente em chamas, sempre que subimos as escadas envelhecidas pelo tempo, escuras e perigosas. Ontem, quando eu estava entrando no prédio, vi um rato enorme, de andar incerto e pelo molhado, saindo de baixo da escada. Leptospirose, peste bubônica, hantavirose, sarna. Só Deus sabe quantas enfermidades um animal desses pode transmitir. Para meu espanto, mais adiante, num buraco na parede, havia mais dois deles (em plena cópula!), eu os assustei com um chute na madeira, imediatamente uma dúzia deles apareceu cruzando a minha frente, saindo de todos os cantos, e cinco minutos depois havia dezenas diante da porta de entrada, tentando invadir a portaria. Por que você não vem morar comigo? (eu digo a ela). Há bastante espaço pra nós, em minha casa, mas Antônia se recusa, não quer abandonar seus dias de infância, as poucas lembranças agradáveis que ainda guarda, seu piano empoeirado, quase sem voz, seus livros com reproduções baratas de pinturas e esculturas antigas, seus objetos de estudo (pirâmides, mapas astrais, pranchas enormes cobertas com os signos do zodíaco), não quer alterar o cenário em torno deles, a cor das paredes, a pouca luz ao seu redor, a repercussão opaca, nos antigos móveis da sala, da música que sai dos seus discos, a chuva cotidianamente escorrendo na superfície porosa do concreto, tudo isso, toda essa imundície, possui um grande valor pra ela. Podemos nos casar, levar uma vida normal, eu lhe digo, mas ela (me ignorando teatralmente) apanha um livro na gaveta do criado-mudo, de um autor obscuro, provavelmente outro desses mestres da sabedoria oculta que tanto a atraem, e se fecha nele como quem diz, não, muito obrigada, já conheço esse filme e o final é bastante infeliz. Derrotado mais uma vez, desisto de minhas tentativas de levar Antônia pra fora daqui, para o meu lado da cidade, para um universo incrivelmente mais acolhedor e sofisticado, do tipo que ela jamais poderia imaginar em suas pesquisas esotéricas, em suas ridículas cartas de tarô. As pessoas que chegam aqui, os amigos de Antônia, e também seus frequentes clientes, estão sempre cheios de si, cheios de uma pseudo-realização que jamais consegue se materializar, jamais consegue transcender-se totalmente. Vejo em cada gesto, em cada frase que emitem, uma semelhança muito grande com o que há de mais pernicioso nesta região: os ratos (mas é exatamente isso o que excita Antônia; de certa maneira, ela comunga com os ratos). Seus amigos e clientes, sem o saber, estão todos infectados, possuídos por um vazio moral absoluto, e certamente, meu Zeus (temo pela minha própria perdição), jamais conseguirei resgatá-la, e a mim também, sem danos, dessa fissura cotidiana, presos que estamos a essa multidão alucinada, irremediavelmente contaminada, entendem?, essa é a palavra preferida de Rodolfo, *contaminação*, a mais repetida, contaminados pelo sobrenatural, é assim que ele constantemente se refere às pessoas que vêm aqui, sugerindo que, a partir da sujeira que se espalha pelas ruas, a partir de uma possível queda no que existe de mais desprezível no mundo, todos nós, sem dúvida nenhuma, estamos sujeitos a contrair o pior dos males, a pior das infecções, sem se dar conta de que ele, o grande médico infectologista, em seu consultório ou nos corredores dos hospitais, convivendo com seus pacientes, muitos em fase terminal, está mais próximo da pestilência do que qualquer um de nós. Por que você insiste em ficar aqui?, ele me diz, venha morar comigo (ele diz, rediz, tredíz), como se fosse possível uma coisa dessas, deixar-me levar, sem qualquer resistência, pra longe das minhas raízes. Rodolfo está sempre à espreita, avaliando os riscos de uma epidemia, altas horas da noite muitas vezes eu o vejo de pijama (nos corredores), lanterna em punho, inspecionando as fendas nas paredes. Sua fisionomia, nessas ocasiões, torna-se fantasmagórica, seus gestos se tornam medidos e prepotentes, iguais aos de um lunático. A maneira como os ratos acasalam, reproduzindo-se às centenas, aos gritinhos, parece exercer um grande fascínio sobre ele (seu interesse pela morte esconde outro lado muito mais sombrio, um tesão incontido por tudo o que possa trazer dentro de si, além da extinção, um reflexo erótico da vida). Porém, nesses dias de chuva ininterrupta, agora que, além dos roedores, também alguns animais domésticos, cães, gatos,, galinhas,,, contaminados pela água imunda das enchentes, começam a transmitir uma infinidade de doenças (às pessoas), seu ódio por este bairro, por este prédio, está ganhando uma dimensão cada vez mais assustadora. Rodolfo se sente um estrangeiro aqui, nada do que me cerca, quadros, móveis, roupas, parece agradá-lo, tudo lhe é bastante confuso e exasperante (no entanto) ele raramente sai do meu apartamento, quando chega aqui nos fins de semana. O que ele não percebe é que isso assim acontece não só devido à chuva constante, mas principalmente porque — a ideia — de voltar para seu mundo asséptico e confortável, cheio de indicações, contraindicações e precauções, de bulas e seringas, de conceitos e preconceitos exaustivamente testados e confirmados, de lâmpadas fluorescentes e luvas esterilizadas, de refeições saudáveis no final da noite, regadas a vinho italiano, essa ideia de certa maneira lhe é insuportável. Aqui, entre uma infinidade de cartas e rascunhos a lápis, poemas de William Blake e fotos das Pirâmides do Sol e da Lua (tiradas por mim mesma durante uma viagem a Teotihuacán), entre cadernos e clientes com hora marcada à procura, nos mapas ou nos búzios, de um objetivo mais duradouro pra sua vida, Rodolfo, inteiramente livre, se deixa conta[minar] pela completa ausência de limites, pela completa imponderabilidade, entendem?, Antônia me acha um extremista, inconseqüênte, sentada no sofá, atenta à monótona digressão da chuva na parede do pródio vizinho, ela finge ignorar minhas (malas) ao lado da (porta), essa é sua diversão predileta, testar-me, projetar-me numa de suas pinturas baratas, acompanhar cada movimento meu, por mais caricacto que poça parecer, com o canto do olho, sem esboçar uma única palavra de interrogação (?), nada. Vejo-o sair do banho com um brilho novo no olhar, uma expressão verdadeiramarga decidida, patética, Rodolfo esvazia suas gavetas com uma ferocidade incontida, e depois, mays uma vez no banheiro, com uma taça de vinho sobre a pia (ele) abotoando a camisa recém-passada, observa-se demoradamente no espelho, solene, selenita, como se estivesse vestindo uma farda, (isso é sinal) de que — em breve — estaremos na cama, chorando, transando, nos abraçando feito loukos, renovando nossas injúrias de amor, o que você espera de mim? que eu caia de joelhos e suplique que venha comigo? o que mais você espera de mim, Antônia? — há dias que não voto pra casa — não faço mais a baba e abandonei totalmente o consültório (estarei sob um feitiço irresistível? sob o signo da perdição?). Você abre as pernas ( ) e tudo se precipita, vaivém vaivém, você, eu, todos os nossos phantasmas, iguais a ratazanas no cio, já não saímos mais desta kama, o que mais eu posso fazer? foder você a noite toda? gemer obssenidades, apenas pra excitar: sua total inconsciência?, chupar teus peitos enquanto você gozaaa, possuída pela chuva que agride sem (piedade): as paredes do seu quatro, nossas mentes; mentir sem parar, à luz de uma vela vermelha, ao som de velhos cânticos xamânicos, vaivém vaivém, gravados em fitas?, Rodolfo, comportando-se como um: animau — crêe — sem saber, ralando pelos cotovelhos, que está prestes a conquistar o reyno que lhe cabe neste mudo, sua língüa se atira sobre: mim, procurando minha página úmida, como uma guerreira invencível — Estokadas vaivém vaivém. Lambendo-me o corpo,)forçando-me) contra o colchão, deliciando-se com o que de pyor poderia haver em sua mente, ele (Rodolfo(agora me obriga a ficar em várias posições, por; mais; humilhantes; que possam parecer, apenas pra dar uma demostração, talvez, de sua total superiodade sobre: mim, sobre os ratos, as horas passam, já não usamos mais preservativo, seu espérma... se esparrama pelas mynhas pérnas... pelo, lençóu... por, toda párte... currompendo nossa phala, tornãdo-nos doentes, donos duma degenerassão irreverçiveu, e só ele; não vê que: ésta... mais do que qüalqüer oütra... é a piór fórma de; contaminação possível — pra: üma mülher — violentamante... – pussüída... — — — puss... suicci... da...

O homem invisível

O homem invisível começou a desaparecer por volta das 18h30 do dia 23 de outubro último. Durante todo o processo — incredibile dictu! jurisprudência definitivamente não era seu forte —, ninguém viu nem ouviu coisa alguma, ninguém percebeu o menor incidente. O primeiro a desaparecer foi o seu longo e largo sorriso. O fato é que os capangas — a turma do Bronson — quebraram-lhe todos os dentes e, de quebra, amputaram suas mãos, por tê-los delatado e impedido um grande assalto. A turma do Bronson detesta dedo-duro. Por isso cortaram primeiro seus dedos. Na mesma semana, tiraram-lhe as pernas e fizeram delas picadinho. A gangue do Bronson estava realmente furiosa. Amputaram-lhe cada uma das pernas pelo simples prazer de o verem claudicar sem elas. Mas de pirraça ele andava! Até saltitava! Não que isso não fosse desconfortável. Era, e muito. Principalmente ao escalar os vinte e sete degraus da escadaria da alameda Brooklin, chegar até seu apartamento, quando o elevador enguiçava, ou mesmo subir na poltrona da sala ou do escritório. Em seguida, os patifes metralharam-lhe os braços e a região logo acima das partes íntimas — um fio de sangue grosso desceu e manchou o chão. Pra não morrer engasgado ou asfixiado, teve que sofrer seis cirurgias: duas nos braços, três no abdômen e uma no tórax. Intervenções, aliás, providenciais e salvadoras, porém, mesmo assim, era uma verdadeira pena vê-lo desaparecer dessa maneira, em pequenas parcelas, como se nada nele fosse de grande importância. Não houve abaixo-assinados, não houve reclamações. Ninguém escreveu ao Papa. Enfim, depois de um assalto à joalheria Macy's, na XV com a 23, o homem invisível não foi mais visto entre nós. Dizem, alguns, que nesse dia ele nem chegou a dar as caras por ali. Outros dizem o contrário. Dizem que ele realmente estava do lado de fora, no meio dos pedestres, assistindo a tudo, e que até tentou impedir o assalto — tentou pra valer, com golpes de caratê —, colocando-se entre os assaltantes e o carro de fuga. Mas, dessa vez, Bronson em pessoa cortou-lhe as orelhas, os lábios e o pescoço — estava fora de si, furiosíssimo, com seu reluzente canivete de escoteiro — e jogou as partes dilaceradas para os dobermanns, atrás do depósito de lixo. Pobre amigo... Não conversamos muito depois disso. Foram apenas dois telegramas curtos. Desse dia em diante, ninguém mais voltou a vê-lo. O que é, por si só, bastante perturbador. Não que ele fosse um cara muito importante, o homem invisível, isso não — aliás, seus livros, apesar de exímio romancista, não vendiam lá muito bem —, mas é sempre difícil a gente se conformar com as pessoas desaparecendo assim, cotidianamente, aos pouquinhos, sem deixar vestígios.

Zede, o gado

Vânia gosdava de gandar, de deglamar boezia, de valar em búbligo. Gueria zer abrezendadora de delevizão. Bas, bra zeu dezezbero, era vanha, muido vanha. Dão gonzeguia dizer diande das bezoas, no drabalho, em caza, uba údiga vraze que voze gombledamende límbida, indeligível. Guiz o dezdino, infelizmende, gue ze gazaze gom um zenhor alebão, Franz, gorredor da bolza de valores, gue além de velho era buido, buido gago. Vanha e Gagago, azim eram gonhezidos oz doiz em doda a barde. Adé gue gombraram um gado. Bazaram endão a zer jabados, zem gue zoubezem, de Vanha, Gagago e Zede. Zede vidas? Dão, dão. Zede badas. O gado era um bijo basdande exódico, guase vandásdico, dinha realbende zede badas volheadas de ouro e um rabo buldigolorido. Gosdaba de gozinhar, lafar e bazar. Gobia bougo, dão bebia, dão vumava e guaze dão zaia à doide, além de vregüendar bondualbende a miza aos dobingos. Valava inglêz e ezbanhol vluendemende e era um vrango abregiador de óberas. Borém voi bosdo no olho da rua borgue dinha o bézimo hábido de roer as unhas, brinzibalmende as dos oudros. Ah! gue valda Zede nos vaz. Ninguém brebarava um esbaguede gom brezundo e erfilha gomo ele. Dinguém zapia zerfir, belhor do gue ele, um pom finho dindo.

>>>Ódio sustenido

>>>Quem se lembra dos sonhos abençoados? Quem deu esmola ao vagabundo da General Osório? Quem coleciona canetas vazias, escovas de dente amarrotadas, lenços de papel usados? Quem tem paciência pra esperar o próximo espirro, retumbante em todos os sentidos? Quem se preocupa com a autoestima das meias colocadas do avesso? Quem arrancou a restauração de ouro das paredes cariadas? A bomba que acaba de explodir no metrô, quem a colocou lá? Quem matou todas essas pessoas impessoais? Quem recolheu todas as gotas da última chuva e as despejou na corrente sangüínea dos amantes endiabrados? Eu não. Nem mesmo nos meus piores pesadelos. O vagabundo da General Osório me odeia.

>>>Os carros passam, as pessoas passam. As horas passam, os pensamentos passam. O ferro de passar roupa, as uvas-passas. Tudo é passado antes mesmo de ter sido presente. Os sustos passam, o guarda-roupa passa. O criado-mudo, o abajur, o lençol, tudo passa. A luz e a fuligem das coisas possantes que passam fazem tremer a cama, fazem tremer as

coxas dessa menina que passa sobre mim, escorrega pelo meu pescoço, infiltra-se em meus poros, desaparece entre o travesseiro e o colchão. Essa menina que faz tremer os carros que passam, as pessoas lá fora, a chuva, o corre-corre na estação do metrô. Essa menina metida a besta, que dia sim dia não passa por aqui pra gozar seis vezes, preparar chocolate quente e contar as novidades. Essa menina me odeia.

>>>Não sofro por isso. Não faço questão que me amem. Minha única exigência é que não destruam os meus sonhos, não proíbam os orgasmos, não desliguem a tevê. Se assisto a seriados demais o problema não é de sua santidade o papa, é só meu. Se depois de gozar seis vezes a menina dos meus sonhos me chupa e me prepara chocolate quente, o Greenpeace não tem nada a ver com isso. Podia ser Nescafé, podia ser Matte Leão. Mas deixei de fumar há catorze minutos e não será agora, em pleno salto-mortal entre duas realidades irreais, que voltarei aos velhos vícios. À noite visito Gotham City e seus arredores, em busca de mais ação e emoção. Em busca, quem sabe, de uma fatia do sexo animal que todo filme promete. Nada em parte alguma, encontro sempre a cidade vazia. Morcegos, pingüins, gatas e meninos prodígios: a enxaqueca e o estresse afugentaram todos. Eles todos me odeiam.

>>>Dia sim dia não ela vem aqui. Sempre nos dias ímpares, pois os pares trazem azar para o amor romântico. Mesmo sabendo disso, sinto a sua falta. Dia não dia sim eu a

procuro: visito todos os sítios, abro janela em cima de janela, envio mensagens ao acaso. Compro todos os jornais, salto de canal em canal, vou vinte vezes à caixa do correio. Passeio por todas as lojas, na seção de achados e perdidos deixo bilhetinhos para o caso de ela aparecer. Mas você não aparece. Choro, arranho as almofadas, convido pra dançar a dona da pensão e depois a dispenso sem maiores explicações. Não sei dançar, detesto a libertinagem das pensões oníricas. Sei que você também me odeia. A dona da pensão me odeia.

>>>Teu pai me emprestou dinheiro e o carro, e eu o denunciei à polícia. Não tenho culpa, essa compulsão a dizer sempre a verdade é maior do que eu. Quero ser virtuoso, quero ser nobre, quero ser santo. Os amigos me tratam bem e mesmo assim eu falo mal deles pelas costas. Por isso todos me odeiam. Sou um poço de intriga e difamação: digo sempre a verdade, sou modesto e honesto. Antes me convidavam para as festas, isso já não acontece mais. Não tenho culpa, ninguém me compreende. O vagabundo da General Osório me odeia, você me odeia e não há mais santos nem justiça no mundo. Deserta ou não, está na primeira página do Planeta Diário, do New Frontiersman, do Clarim Diário. Está em todas as capas: deserta ou não, Gotham City inteira me odeia.

>>>Escrevi resenhas negativas dos livros dos amigos. Escrevi resenhas negativas dos livros dos inimigos. Sou mau, cruel, perverso, não suporto as pessoas nem a vida social

onírica. Minto freqüentemente, compulsivamente. Menti ontem e anteontem, estou mentindo agora, mentirei amanhã. Insulto os pedintes, debocho das donas de pensão, não pago minhas dívidas. Ponho bomba nos metrôs, mutilo as pessoas. Bebo além da conta. Estou sempre tossindo, quando não estou tossindo estou vomitando. Isso afasta as mulheres jovens. Só gosto de mulher jovem, quanto mais nova melhor. Porque a obrigo a vir aqui dia sim dia não você me odeia. Se eu não a chantageasse, você não viria, eu sei. Faz sentido o seu ranger de dentes, o sexo sem graça, o chocolate sempre frio. Você me odeia mais do que todos.

>>>Me perdoa, sou horrível, não suporto essa confusão emocional, a dor nas omoplatas, a enxaqueca. Me perdoa, me perdoa... me perdoa. Te amo. Você sabe que sim. Amo o jeito como se enrola no lençol, amo as suas lembranças de infância, amo seu nariz arrebitado, seu cheiro, sua voz, você. Quando o inverno chega eu amo as paredes frias e fraturadas, quando a primavera chega eu amo a brisa melancólica dentro dos ônibus: amo tudo o que me faz lembrar você. Sou cafona, sou piegas... sou de mau gosto. Mas te amo. Por isso a mentira. Minto pra você, pro vagabundo da General Osório, pra dona da pensão, pra todo mundo. Minto porque me odeio, minto a esmo, minto a mim mesmo. Porque me odeio. Você. Diz que não me odeia. Por favor, diz que não me odeia. Não vou desamarrar tuas pernas, teus braços, até que você grite bem alto que não me odeia.

Duzentas myl horas

apesar disso ele dirige como quem não konsegue distinguir sequer o norte do sul, como quem está zonzo de tanto ouvir trombetas & tympanos. Dirige desrespeitando os sinais, nos lançando atabalhoadamente em ruas desertas & túneis pouco ilumynados. Merda... Mesmo que não fosse ano-novo. Mesmo que todos os querubins estivessem konfortavelmente em suas nuvens e não houvesse nenhum kometa, nenhuma estrela, nenhuma konstelação na abóbada celeste. Nem mesmo nessas kondições ele teria o direito de avançar o sinal vermelho, de se arriscar tanto, de pôr em risco também a minha vida. No entanto, apesar de estarmos há mais de dez minutos sem trocar palavra, Ezeequiel dirige como se centenas de vozes sobrevyventes do Natal estivessem a kantarolar ao rodapé do ouvido todos os salmos konhecidos. Anaa, sei que este não é o melhor momento, mas temos que konversar. O melhor momento. Ele quebra o silêncio, quando eu já começava a ver monges gregorianos entoando kantigas angelicais, apenas pra me falar a respeito do melhor momento e da necessidade de konversarmos.

Sei que este não é o melhor momento, ele repete, os olhos grudados no pára-brisa, nos filetes de luz que estão além do pára-brisa. Mas precysamos konversar, arremata. Em casa, à noite, nos fins de semana, quando temos todo o tempo do mundo pra konversar, Ezeequiel prefere a quietude, a solitude dos romances franceses, da final do kampeonato. Porém o melhor momento, fração de tempo tão inefável, encontra-se sempre dentro de um carro, não é mesmo, principalmente quando está chovendo pra karalho. Vai mais devagar, quero chegar viva em casa. Ele sorri. Que diabos, por que terá sorrido dessa forma, o que foi, você está rindo do quê? Ezeequiel pisa no freio, o carro derrapa numa poça d'água, avança o sinal vermelho e quase bate no furgão da frente. No furgão que, metido no meio da mesma chuva, antes que seja atingido arranca estrepitosamente e desaparece no torvelynho da avenida. Acabo de pensar em algo muito engraçado, ele me diz, depois faz biquinho e solta o ar sem pressa, batucando no volante com a ponta dos dedos, é melhor eu ir direto ao ponto, se não corro o risco de levantar falsas suspeitas, aposto que você está supondo que estou tendo um caso com outra mulher. Por que não com um homem, eu o provoco, e a rua faz uma curva para a direita, transformando-se subitamente em kanteiros de bromélias, de koqueiros, dois, três, quatro motocycletas

caso com outras mulheres. O que foi que você disse, fala mais alto, não estou escutando nada com essa chuva. Eu disse que Ezeequiel não é do tipo de homem que kostuma ter um caso com outras mulheres. Viaduto Santa Ifigênia. Vejo no retrovisor que Patrycia mantém os olhos sinuosos, negros como sua pele, ziguezagueando de mim pra Ezeequiel e dele pra mim, frenetycamente. Não é difycil perceber que ela está bêbada, os braços bem abertos, tomando todo o encosto. Tonta, tonta. Não vá vomitar no banco de trás, ok? Maldita hora em que o Senhor do Tipo que Não Tem um Caso com Outras Mulheres resolveu oferecer karona, pra que chamar um táxi, é noite de ano-novo, você não vai encontrar nenhum a esta hora, vem com a gente, é kaminho. Puxa, obrigada mesmo, não vou atrapalhar, não, morro de medo de voltar pra casa sozynha. Não vomita no estofamento, pelo amor de Deus, é tudo o que sinto vontade de dizer à kretina, já que não posso mandá-la calar a linda boca de lábios karnudos & sensuais. Não é assim que se diz, *karnudos & sensuais*? Também não posso mandar parar o carro, nem pedir que as formosas pernas de koncubina prestes a se entregar a seu senhor se movam pra bem longe de nós. Não é o melhor momento. Os vidros estão embaçados e o som irritante da enxurrada, nas laterais & embaixo de nossos pés, mantém desperto o pouco de konsciência cristã que ainda me resta. Ezeequiel começa, solene, tenho pensado muito em nosso kasamento, afinal, quase vinte e cinco anos, dois filhos, não vamos viver pra sempre, não sei quanto a você, Anaa, mas posso te garantir que passei meus melhores momentos na sua kompanhia, vinte e quatro horas vezes trezentos e sessenta e cinco dias são... sete myl, não, oito myl e uns quebrados, vezes vinte e cinco anos são... duzentas myl e qualquer coisa, mais de duzentas myl horas juntos, konsegue crer nisso? É óbvio que ele também está bêbado. Só os ébrios konseguem ser tão sublimes minutos antes de descambar para o repulsivo. Ezeequiel fala com brandura sobre coisas kapazes de fazer um troglodita se enternecer. Na esquina da Brasil com a Rebouças me pego dissymulando o choro, a kabeça encostada de leve no vidro, observando parte de meu próprio rosto refletido nele. Não gosto quando você fala assim, reclamo baixinho. Assim como? Assim, vinte e cinco anos, dois filhos, não vamos viver pra sempre. Não quero que você fique triste. Não estou triste. Não se vive duas vezes. Não quero viver duas vezes. Os melhores momentos da minha vida. Viu, estou chorando. Você sabe que não gosto de algazarra, nunca gostei, mas durante o jantar sua mãe estava tão feliz, os filhos ao redor, oitenta e dois anos, pensei komigo mesmo, oito décadas. Talvez tenha sido a última vez que ela nos viu reunidos. Foi o que eu também pensei naquele momento, por isso ela estava tão radyante, a última vez na vida de alguém vem sempre acompanhada dessa aura de

gosto de pensar que, depois de ouvir o que tenho pra te dizer, você ainda kontinuará konfiando em mim, devo estar com um aspecto bem estúpido, não, na verdade não estou enxergando muito bem, me avise quando avistar o portão de casa, ou a torre da rádio Eldorado, onde é mesmo que você mora, Patrycia? Alguns pedestres que iam atravessar na faixa dão um pulo pra trás quando passamos por eles a mais de oitenta. Ezeequiel, pára o carro, por favor. Não aqui, só vou descansar quando tiver deixado a Patrycia em casa. Acho melhor deixar a Anaa dirigir, você bebeu demais, Ezeequiel. O branco da paz na toalha e nos guardanapos, o vermelho da paixão nas flores — gérberas, cravos & dálias — e nos morangos parcialmente recobertos de chocolate. Adorei mais do que tudo os detalhes, sua mãe tem bom gosto, isso ninguém pode negar, os vasos de estanho e os quadros com motivos florais kombinando com a decoração da mesa estavam maravilhosos. Patrycia estica o sorriso de orelha a orelha. Não percebe que Ezeequiel está apenas sendo sarcástico. E os talheres de prata, que refinamento, que delycadeza, ela komenta, querendo com isso fazer baixar a pressão que nos mantém impotentes nas mãos de um manyaco. O fato é que tudo no jantar me tocou profundamente, tudo mesmo, não, não ria, não estou tripudiando, não faria isso com você, não depois de vinte e cinco anos, aí está onde eu queria chegar, vinte e cinco anos, cada um deles alicerçado na mais kompleta mentira. Do que você está falando afinal, pára o carro e me conta o que tem pra contar de uma vez por todas. Morangos parcyalmente recobertos com chocolate, guardanapos bordados à mão, talheres de prata, você viu que beleza os ornamentos daquele garfo, e os copos, e as taças, e a louça com todos aqueles ramalhetes em relevo? Ezeequiel põe o carro em ponto morto e o deixa deslizar pela avenida, como uma embarcação que estivesse prestes a cair de um despenhadeiro. Mas o carro não cai, simplesmente vai perdendo velocydade até parar no meio-fio, bem em frente a um ponto de ônibus. As pessoas que aguardam o último ônibus da noite se afastam alguns passos, na certeza de que alguém irá descer do veyculo. Ezeequiel frustra essa expectativa manobrando & estacionando em cima da kalçada, a dez metros do ponto. Em seguida apaga os faróis. A verdade, a verdade: não sou Ezeequiel, não sou seu marido, pelo menos não oficyalmente, senti que não poderia deixar passar mais um dia sem te contar isso logo que chegamos à casa de sua mãe, logo que vi no centro da mesa os morangos achocolatados nos dando boas-vindas tremi por dentro, perdi a fala, tudo tão acolhedor, e o tempo passando por nossos ossos, o tempo, a porra do ano-novo, quando sua mãe pediu à kopeira que levasse os morangos para o aparador lateral e só os devolvesse à cena na hora do kafezinho, desabei, caí sobre meus próprios pés, a verdade é que, delycadeza, poesia, é isso, foi a noite mais poética de minha vida, e os talheres importados da Indonésia

já não está mais com os braços esticados, ocupando todo o encosto do banco de trás. Meteu-os timydamente entre as pernas. O rosto, refeito do susto, porém ainda com a expressão apatetada de quem tomou um porre e em seguida uma ducha de água fria, permanece voltado para o que acontece fora do carro. Caramba, o que está acontecendo lá fora? Patrycia procura com todas as forças se koncentrar na chuva, mas não há mais chuva. Tenta então acompanhar o fluxo de pedestres que apesar da hora ainda perambulam pelas ruas. Tudo o que konsegue, apesar do esforço para se manter distante, é kontinuar grudada nas palavras de Ezeequiel e na silhueta rygida de Anaa, da kriatura que momentos antes havia sido Anaa, agora ao volante, muda. Rygida, muda feito as mulheres de mármore do jardim de dona Eduuardaa, sua mãe. Ezeequiel, ao kontrário, fala pelos kotovelos, uma viagem a Paris, outra ao Cairo, o nascimento de Otaaviio, em seguida o de Isaadorah, duas décadas e meia pontuadas por todo o tipo de acontecymento doméstico, no entanto, lembra-se do dia em que nos kasamos, está lembrada, ah não, você não se lembra daquele dia, você não é uma mulher nostálgica, não era maio e você não se atrasou pra cerimônia, quem se atrasou fui eu, pra dizer a verdade, na manhã daquele mesmo dia eu nem sequer sabia que iria me casar, tudo aconteceu de forma tão repentina, Ezeequiel, o verdadeyro Ezeequiel, me procurou em casa, estava desesperado, sem forças pra levar adiante o kompromisso que vinha firmando com você, ofereceu dinheiro, muito dinheiro, que aceitei de pronto, trocamos de identydade, ele passaria a morar com a minha mãe, como eu sempre fizera, no subúrbio, é, na periferia, pode acreditar numa coisa dessas, e eu me kasaria com você, é claro que eu topava, mas deixei bem claro que se não gostasse da vida de kasado largaria tudo em um mês, ele koncordou, estava quase chorando, o frouxo. Anaa, as mãos postas com kuidado no volante, uma esquina, uma travessa, um farol, responde calma & pausadamente, palhaçada, não sei o que é pior, a maneira como você tenta kamuflar a aversão que sente por mim, inventando piadas de mau gosto, ou a falta de konsistência em tudo o que diz, como se eu não merecesse nem ao menos uma história konvincente, por mais patético que você esteja hoje, garfos, facas, taças de cristal, que bobagem, que grandyssima merda, o que tenho eu a ver com morangos, você sabe tão bem quanto eu que

na chuva, mas não há mais nem sinal de chuva. Muitos dos konvidados notaram a troca, até mesmo sua mãe, tão adorável no vestido azul, não demorou muito pra perceber que eu realmente não era Ezeequiel, mas você estava tão radyante naquele dia, seus pais e os padrinhos do noivo, depois de se trancarem durante alguns minutos komigo na sacristia, aceitaram de comum acordo levar a farsa adiante, não que não tivessem tentado me obrigar a konfessar tudo, ah, isso não, me ameaçaram com a kadeia, com a execração pública, agüentei firme, neguei todas as acusações, que fossem para o ynferno, a cerimônia estava atrasada e o padre, primo da dona Eduuardaa, já komeçava a dar mostras de impaciência, por bem ou por mal se tornaram todos meus kúmplices, minha mãe & meus tios, preocupados mais com o grande negócio que eu estava fechando me kasando com você, não abriram o bico. Buquê de flores, lua-de-mel nos Alpes suyços, sexo alucinado. Quem se importava com a verdade, você estava feliz demais pra perceber que até mesmo o tom da minha pele era levemente mais escuro do que o da pele do Ezeequiel, o timbre da voz, a cor dos olhos, do kabelo, o modo de andar, de me sentar à mesa, nada konferia com suas lembranças mais recentes, no entanto, às favas, afinal não demorou muito pra você engravydar, depois que o Otaaviio nasceu as dúvidas cayram no esquecimento e a nova versão dos fatos passou a ser a única versão dos fatos, quando voltamos pra nossa nova casa, meus pais, melhor dizendo, os verdadeyros pais de Ezeequiel me trataram com grande karinho, selando definitivamente o acordo, não que não houvesse recaydas, duas ou três vezes seu pai ameaçou pôr abaixo toda a encenação, atormentava-o o pouco que sabia a meu respeito, porém com minha entrada na empresa da famylia os negócios komeçaram a prosperar, pobre homem, jamais poria em risco a ascensão komercial nem a felycidade dos netos, calou-se, e assim foi até que a morte o aliviou de tamanha carga. Anaa freia abruptamente, olha para Ezeequiel — estão diante do portão de casa — e o fulmina, por que resolveu revelar toda a verdade, por que não fez isso dez anos atrás, por que não adiou a iniciativa por mais dez anos, por que justamente hoje? Patrycia pensa se deve ou não interromper a discussão. Não tencionava ser trazida para a casa dos amigos às quatro da madrugada. Ezeequiel pega o kontrole remoto em cima do painel e faz com que o portão se mova, indo da direita pra esquerda com vagar. Impaciente, desce do carro, põe as mãos na cintura e estica várias vezes a koluna. Maldito jantar, maldita kombinação de branco & vermelho! Enquanto observa o céu agora parcialmente sem nuvens, jura a si mesmo jamais contar por que decidira abrir o jogo no primeiro dia do milênio. Seria o mesmo que blasfemar contra o céu, contra o primeiro dia de todos os milênios. Jura e desiste. Ezeequiel não sabe guardar segredos. Enfia a kabeça pela janela aberta e konfessa, você vai me dizer que estou bêbado, que perdi o juyzo, mas tenho certeza de que vi seu pai servindo-se de morangos & champanha durante o jantar, eu o vi, não estou mentindo, tudo o mais é balela, pó de traque, ninharia

deixando marcas na fuligem, no tapete de entulho. A casa desmorona mas as paredes ainda kontinuam de pé. Escadas, tropeções, passos silenciosos para não acordar os empregados. No fundo do armário da suyte do casal uma caixa grande, de papelão, forrada com reproduções em off-set de gravuras japonesas. Dentro, dezenas de fitas de vydeo e dois pesados álbuns de fotografia. Eu não me deixaria enganar dessa maneira. Afasto velhos pares de sapatos da frente da caixa e a retiro, aos trancos, kolocando-a em cima da cama. Viagem ao Recife, passeio de escuna, de lancha, de buggy pelas dunas de areia, não é possyvel, Ezeequiel quer me enlouquecer. Comparo, quase sem poder kontrolar as mãos, fotos da faculdade, do primeiro ano de namoro, do noivado, com outras, do kasamento e da viagem de lua-de-mel. O mesmo rosto, a mesma postura ereta. Rebobino as fitas em busca das imagens mais antigas, de churrascos, de natais passados. Horrorizada, percebo que numa cena Ezeequiel parece estar um pouco mais magro do que em outra, ou são as ondulações do kabelo que, apesar de tênues nas imagens tomadas no kartório, desapareceram kompletamente cinco dias depois, durante a cerimônia na igreja. Será que... Absurdo! Patrycia & Ezeequiel estão no korredor, encurralados. Que brincadeira! Vinte e cinco anos não se desfazem dessa forma, sem deixar vestygios. Telefono pra minha mãe, ninguém atende. Em torno do quarto, da casa toda, a voz de Ezeequiel, monocórdia, nada precisa mudar, só temos que ter paciência, reconsyderar as coisas, separar a realidade da fantasia enquanto ainda é tempo. Sim, enquanto ainda é *tempo*, palavra sinistra, esta, tão agourenta quanto *vida*, *esperança* & *paixão*. Já passa muito, muito mesmo, da meia-noite, hora de os fantasmas ganharem os korredores e as ruas. Sai já desta casa, se possyvel da cidade, pega todo o dinheiro que puder e some da minha frente. Anaa, não faz isso, não se deixe levar por. Agora!, o que está esperando, se manda, desaparece e não se esqueça de levar seus filhos junto, se é que ainda vão querer morar com você depois de tudo, espera um pouco, o que estou falando, quem tem de sumir sou eu, é claro, fica sossegado, saio da sua vida saltytante & feliz, como quem escapa de um kalabouço, vinte e três anos, pode konceber uma coisa dessas, vinte e três, mas não vou de mãos abanando, não senhor. Anaa, você está fora de si, não fala assim. Mal konsigo kontrolar o sarcasmo, deixa de ser trouxa, Ezeequiel, ou seja lá quem você é, venha cá, veja este álbum, você realmente acreditou esses anos todos que essa mulher de olhar estúpido das primeiras fotos, o corpo kurvado pra frente, sem graça & esquelético, tem alguma semelhança komigo, é patético, você também foi ludybriado, meu amigo. Tiro a mala do armário e komeço a enfiar nela algumas roupas. O que mais me deixa irritada é a nytida noção de que, por culpa do kansaço e da cegueira, nenhuma das peças que vou pegando kombina com as que já peguei, Patrycia — meio em transe — está e não está com a gente, Ezeequiel, leva essa garota pra casa, não suporto mais olhar pra cara dela, se bem que a sua não está nada

os enjoos, a barriga, as dores nas costas. Seis meses depois que Isaadorah nasceu, Anaa me procurou muito aflita, nos conhecyamos da academia de ginástica, onde nos encontrávamos todas as terças & quintas, havia meses que eu não a via, a gravidez, o resguardo e tudo o mais, ela estava que era só pele & ossos, os olhos fundos, os braços flácidos, um trapo, fui eu quem deu a ideia, a princypio apenas como brincadeira, queria ver se konseguia tirar ao menos um sorriso daquele rosto esfalfado, ao que tudo indicava ela não tomou minha sugestão como simples gracejo, pois três dias mais tarde me telefonou, a verdadeyra Anaa sabia que eu me encontrava em apuros, sem grana, havia acabado de me divorciar e não tinha konseguido ficar com quase nada, advogados... você sabe, me fodi, eu não tinha sequer onde morar, pagava aluguel, disse tudo isso a ela, deixei bem claro as dificuldades pelas quais ela iria passar caso levássemos a loucura adiante, Anaa não se incomodou, queria ser livre a qualquer custo, de certa forma a maternidade era pra ela o fundo do poço, a morte kompleta tanto do espyrito quanto do corpo, fraldas, amamentação, madrugadas maldormidas, o choro insuportável das krianças, tudo isso a corroya & deformava, depois viriam os problemas na escola, as desavenças dos filhos com os kolegas, a necessidade de auto-afirmação, as eternas karências, Otaaviio & Isaadorah eram um desregramento que estava apenas começando e jamais teria fim, você estava deslumbrado e não parava de falar neles, de fazer planos, quem sabe mais um filho no ano que vem... essa, sua forma de ver garantido seu lugar na cama do casal, preciso kontinuar, claro que não, do resto você já deve estar fazendo uma boa ideia, não é, afinal quanta coyncidência, fico me perguntando onde estarão Ezeequiel & Anaa a essa hora, vivos & felizes, vivendo em novos labirintos, aqui, na África, na Antártida, ou mortos e sob uma lápide, vytimas da incapacidade de abraçar a própria vida, da mesma maneira como aconteceu com você quem primeiro percebeu a troca foram os pais da Anaa, um escarcéu, dona Eduuardaa kontratou dois detetives pra encontrar a filha que, àquela altura, já havia desaparecido kompletamente, nenhuma carta, nenhum recado por intermédio de terceiros, nada, como fui boba, agora entendo que os pais da Anaa, koitados, os dois só decydiram levar adiante a farsa porque perceberam — eu sem querer os fiz ver isso — que tinham diante de si a melhor forma de punir você & Ezeequiel pelo kontrato sórdido, pelo mal que, na koncepção deles, vocês dois haviam feito a Anaa, na minha opinião a infeliz era mesmo maluca de pedra, kompletamente fora do eixo, e mais cedo ou mais tarde iria cair no mundo com ou sem a nossa ajuda, no inycio foi divertido, o konforto e tudo o mais, é claro que trocamos de babá e demitimos todos os que o bom andamento do plano nos obrigou a demitir, os bebês não precysaram ser subornados, bastou um pouco de afeto, algo que não haviam tido na kompanhia da verdadeyra mãe, como eu disse: o resto você já sabe, ou pelo menos tem como deduzir, mas chega uma hora que tudo se torna tão

a casa. Como num passe de mágica, invadida pelas cores. Tecidos listrados, xadrezes, florydos, azuis, verdes, vermelhos, que vibram sobre o branco das paredes e sobre os móveis da sala de estar, todos de madeira. Exceto a mesa de ferro com máscaras africanas, ao lado da estante. Atrás do sofá, um biombo. Atrás do biombo, a sala de jantar e a kozinha, ambas interligadas. O telefone toca um toque metálico, num aparador de mogno komprado especyalmente pra ele. O vermelho da madeira kontrasta com o verde-musgo do aparelho — matizes que vibram mais do que a kampainha. O telefone toca em cima do aparador, no kriado-mudo ao lado da cama em que Anaa está sentada e em todos os kômodos onde há uma extensão. Passos na escada. Ezeequiel & Patrycia se voltam, assustados. Os passos são interrompidos. Depois recomeçam, fantasmagóricos. Múltiplas sombras surgem no korredor, seguidas de Otaaviio que karrega uma pesada mochila de camping, o rosto deformado pela raiva e pelo desespero provocados, vejam só, pelo que acabou de escutar. Anaa, perplexa, nem sequer pergunta ao rapaz o que ele está fazendo aqui, de madrugada, quando devia estar a seyscentos quilômetros da cidade, no litoral com a namorada e os amigos. Apenas repete seu nome, quase sem forças, komovida com a súbita aparição do filho, já esquecida de que ele não é de fato seu filho. No andar de baixo, todas as luzes estão acesas. Reenatha, ao pé da escada, lança um chamado para o alto, Otaaviio, o que foi, você vem ou não vem? Ezeequiel tenta envolver o rapaz num abraço. Patrycia procura o celular na bolsa mas logo descobre que deixou a bolsa no carro. Pede então pra usar o telefone do quarto, que — aleluia, Jesus amado! — parou de tocar há muito tempo. Otaaviio escapa de ser envolvido pelo pai, vira-se e dá os primeiros passos na direção da escada. Pára pela segunda vez. Reenatha o espera ora sentada numa poltrona ora de pé, pronta pra abrir a porta da sala e sair, por que tanta demora, precisa de ajuda, ela o aguarda com a ympaciência das mulheres grávidas & mortas de sono. Somente o namorado sabe que ela traz na barriga um filho seu. Que inferno, o que está acontecendo aqui, Ezeequiel é o primeiro a quebrar o silêncio. Fala descompassadamente. Anaa vai na direção do rapaz, que, ao sentir sua proximidade, gagueja qualquer coisa. Abraçam-se. Patrycia berra no telefone, única forma de tratar o interlocutor que do outro lado da linha grita mais alto do que ela. Passos na escada, amor, quem está aí com você? Ezeequiel fala. Anaa fala. Otaaviio fala. Patrycia

então komeçou a chover. Ladeira após ladeira, sangue, suor & cristos krucificados. Vocês alguma vez já encheram a cara konfortavelmente acomodados no chão de uma igreja com mais de duzentos anos, com querubins, kronópios & famas pairando de forma hedyonda sobre sua kabeça, deviam fazer isso um dia, mexe com a kachola da gente, mexeu muito com a kachola da Isaadorah, a ideia partiu dela. Ezeequiel, fora de si, esmurra a porta do armário, de qual Isaadorah você está falando, da minha filha ou da impostora que há anos nós sustentamos sem saber?

Otaaviio contém o ódio, a adrenalina que faz com que seus membros não parem de tremer. Senta-se na ponta da cama, sem no entanto deixar que Anaa volte a tocá-lo. Que diferença faz, ergue a voz & encara Ezeequiel, pronto pra se lançar sobre ele com os punhos fechados, que diferença faz qual Isaadorah teve a iniciativa, nunca deixei de pensar a respeito e a konclusão a que cheguei é, talvez por isso mesmo, simples & insuportável: não exystem duas Isaadorahs nem dois Otaaviios, há só este pesadelo que se repete ano após ano, em forma de arrependimento. Reenatha entra devagar no korredor, Otaaviio, cadê você... Ao ver tanta gente reunida, emudece. Sem que lhe dirijam a palavra, senta-se ao lado do namorado e, num arremedo de ternura, segura suas mãos, o que está acontecendo, que cara de enterro é essa, gente? Anaa pega no banheiro uma caixa de lenços de papel. Assoa o nariz e pergunta, kategórica, quando foi que fizeram a troca? Otaaviio livra uma das mãos do aperto de Reenatha e alisa o kabelo, há seis anos, em Ouro Preto, nós quatro nos konhecemos no hotel onde estávamos hospedados, pura koincidência, passamos a fazer passeios juntos pelas imediações, tanto Isaadorah quanto Leetyciia, esse é o verdadeyro nome de quem você sustenta há anos!, interessavam-se pela arquitetura barroca, foram oito dias maravilhosos, quem no entanto parecia não estar se divertindo era o Otaaviio, o verdadeyro Otaaviio, aonde quer que fôssemos ele nos acompanhava, porém sem jamais estar realmente ao nosso lado, os santos de pedra e as representações do Juyzo Final, espalhados por toda a parte, o atormentavam, kontudo, por mais que se sentisse angustiado, se recusava a ir embora, não voltaria pra cá de jeito nenhum, foi o que ele me disse, foi quando Isaadorah propôs a troca, eu me passaria por Otaaviio e vice-versa, sorri, então ri até quase explodir, por causa do vinho e da ideia absurda mas muito divertida, logo me dei conta de que estava rindo sozinho, Leetyciia segurou firme o pulso da Isaadorah e disse, o rosto em brasas, a partir daqui não tem volta, o que vocês estão escondendo, vi como você o konsolava dias atrás, garota! aqueles não eram beijos de irmã, não mesmo, brindemos ao amor fraternal e à fartura, estou de acordo com a troca, eu tentei protestar mas, não fala bobagem, Leetyciia não se fez de rogada, koncordo com a troca desde que seja kompleta, não vou ficar de fora do jogo, nós dois vamos e vocês dois ficam, fiquei perplexo, só me lembro que chovia tanto que as paredes da igreja pareciam que

blablablá, unindo os dois extremos da cidade. Patrycia põe o fone no gancho e fala direto com Ezeequiel, você vai ou não vai me levar pra casa. Não vê que não posso sair agora, pô! chama um táxi. Não quero um táxi, morro de medo de sair sozinha de madrugada, você disse que me deixaria em casa, meus pais já chegaram do clube e estão preocupados komigo. Levanto da cama e vou assoar o nariz na pia do banheiro. O som sai abafado, retesado, como o de uma das trombetas do Apocalipse. Vai logo, Ezeequiel, grito de lá, leva a moça pra casa antes que ela também komece a desfiar seu rosário, se eu tiver de ouvir mais um pouco de realydade esta noite acho que não suportarei. Me olho no espelho e odeio o que vejo: os kontornos esmaecidos de uma mulher perdida na sombria névoa dos tempos. Volto ao quarto e me deparo de súbito com quatro estátuas de cera em diferentes posições, todas com as feições apagadas, alheias a tudo, como se olhassem muito longe no futuro. Por mais que eu procure nelas algum orifycio, não encontro nada que se assemelhe a olhos, ouvidos, nariz ou boca. Os dedos estão derretendo? Não me espanta não ter percebido durante tanto tempo que Otaaviio não é Otaaviio, que Isaadorah não é Isaadorah, meus filhos. Patrycia começa a chorar, quebrando assim o encanto, gesto que me irrita profundamente. Os adoráveis bonecos de museu voltam à vida. Mesmo assim a névoa persiste. Preciso de um café, eu digo para o vazio, antes de descer as escadas. Ezeequiel me segue até a kozinha. Otaaviio e a queridyssima Reenatha — talvez a única criatura verdadeyra nesta casa, é preciso, tem que ser — ficam no quarto, kompondo a cena da mais pungente autocomiseração. Ao abrir a porta do armário para pegar o pó, estremeço, pois sinto por um instante como se a madeira não fosse realmente madeira e a kamada de tinta branca que a recobre fosse na verdade chantilly. As nervuras da madeira, é isso que estou apalpando? Como se minha mão pudesse atravessá-la sem nenhum problema. O mesmo acontece com a kafeteira e as xycaras, imateriais. Então me viro e vejo que a aura dos objetos tomou conta da kozinha, a ponto de eu não poder discernir nem mesmo Ezeequiel do restante da mobylia. Patrycia vem se juntar a nós, o corpo derretido de forma muito kuriosa, os braços arrastando-se no chão, gotas de cera quente formando a trilha de João & Maria, vários buracos no abdome, vem kontando como não pode konviver konsigo mesma, não dessa maneira tão subliminar, revelando a nós tintim por tintim sua própria verdade impostora, algo muito mais pavoroso & diabólico do que havyamos ouvido até então, uma verdade feita de suborno & morte por encomenda, de alguém que não é quem pensávamos que fosse, cala a boca, eu imploro, chega, não vê que dessa forma fica impossyvel respirar, pega minha bolsa, tem algum dinheiro nela, kompra um carro, desaparece, vá morrer longe daqui antes que komecemos a

os pulsos, contra a quina da mesa. Um corte? Ainda é cedo. Aproveito os raros momentos de sanidade pra kolocar água pra ferver, o pó, onde está o pó, já não tenho mais nenhum kontrole sobre os músculos do corpo, Patrycia conta com detalhes como foi que, durante um passeio com, pelas imediações de, logo depois que, antes que kompletasse vinte e tantos, a dez quilômetros de, fala devagar, com quem você estava mesmo, justamente com, e também com, que se recusaram a deixá-la em, onde, mulher, do que você está falando, todo esse escarcéu só porque alguns amigos não quiseram levá-la pra casa, merda de café, Ezeequiel, veja se tem chá na segunda porta à esquerda. Patrycia se desmancha sobre a mesa, despedaçando frutas & fruteira, o negrume da pele kaindo em kascata no piso de cerâmica, invadindo a superfycie porosa, desaparecendo, deixando pra trás apenas a voz meiga & melodiosa de kriança renitente, que amigos, me diz, Anaa, de que amigos você está falando, Ezeequiel... diabos, não prestaram atenção numa só palavra do que eu disse, não é mesmo, sempre preocupados com o próprio umbigo. Antes que se derreta de vez eu a seguro pelo braço e lhe peço, não me fale em umbigo, me lembra cordão umbilical, fique feliz por tudo não ter passado de alarme falso, por não ter nada mais picante pra contar, você só foi seduzyda por, nessa tal viagem a, a alguns quilômetros de, e pronto, se houve vingança ou não, quem se importa, teve sangue, grande coisa, o jornal de hoje está cheio desse lixo, aleluia, oxalá não haja mais nada, por um segundo tive medo de que você arrancasse essa pele nojenta e nos mostrasse teu verdadeyro rosto, branco feito as paredes desta casa. Ezeequiel, enquanto isso, vai me passando dois saquinhos de chá de kamomila e um de flores silvestres. Encho três xycaras com água fervendo e deixamos os saquinhos boiarem nelas. O perfume das ervas mistura-se com o odor de nosso corpo, suor, suor, com a revelação bombástica que Reenatha neste exato momento está a despejar sobre Otaaviio, pobre rapaz, Otaaviio... durante tanto tempo pensou que o filho que ela espera fosse realmente seu, durante meses acredytou piamente que ela fosse de fato Reenatha e não outra aventureira qualquer konvidada a ocupar a vaga deixada pela verdadeyra Reenatha, que, diga-se, nunca suportou viver com alguém igual a Otaaviio... Ezeequiel deita-se no sofá, a manhã já desponta do outro lado do muro, ao passo que o filho, ainda no quarto, dilacera-se com os primeiros raios de sol e com a dissimulação que o exclui da vida de todos que konhece. Deixo a xycara em cima da mesa, longe da pasta marrom em que a pele de Patrycia se konverteu, e fico observando a garota — perplexa komigo mesma por nem ao menos estar surpresa! — a tirar as últimas cascas dos kotovelos, a me exibir, exultante, as faces e o corpo de uma beldade germânica. Se Ezeequiel já não estivesse ressonando no sofá, penso que o idiota ficaria de queixo caydo, pois Patrycia — agora Patrycio, no masculino — desfaz-se dos restos do vestido e desfila pela cozinha, quase como se

fora do país, talvez também fora do tempo. Já ocorreu a vocês que o Bem & o Mal podem ser a mesma coisa? Deus e o diabo, uma só força, uma só matéria? Daqui a pouco começam a chegar os konvidados para o réveillon. Pouco antes da festa, dona Eduuardaa não sabe por que razão resolveu konfessar ao jovem tarólogo, e apenas a ele. Não sabe por que decidiu contar que mentiu em todos os dokumentos mais recentes. Eu não tenho oitenta e dois anos, ela diz, beberycando uma taça de vinho do Porto — seu precioso Taylor's Tawny —, na verdade eu tenho quinze anos a mais… O jovem tarólogo, sem desviar a atenção das ondulações das cartas em cima da seda preta, pergunta sorrindo, mas a senhora é mesmo a dona Eduuardaa, certo? Significados invertidos, sincronycidade, probabilidades… É claro que essa pergunta poderia ser respondida de maneiras diferentes, medita a velha sobrevivente de olho na assustadora mulher de papel & tinta, na inquietante Imperatriz que também não pára de encará-la. Dona Eduuardaa sabe que hoje ela é a verdadeira dona Eduuardaa. Porém, se tivessem perguntado dois anos antes, estariam falando com outra mulher. E se tivessem perguntando dez anos antes, estariam falando com outra mulher. Nos últimos sessenta anos houve uma dona Eduuardaa diferente a cada década. Mas isso ela não está com vontade de revelar ao jovem tarólogo. Não diante da sombria cruz céltica em cima da seda preta, não pra essa insolente Imperatriz que não desiste de encará-la. Probabilidades, sincronycidade, significados invertidos… Mais tarde, durante a festa de ano-novo, dona Eduuardaa verá de relance seu falecido marido. Que maravilhoso presente! Por uns segundos, quase uma epifania profana. Mas ela logo entenderá que seu falecido marido continua sepultado. Quem apareceu de surpresa, e desapareceu rapidamente, sem kumprimentar ninguém, foi uma das versões anteryores de seu falecido marido. Talvez a terceira. Ou a quarta. Difícil saber com certeza, nos últimos sessenta anos houve um marido diferente a cada década. Então dona Eduuardaa voltará a valsar no salão exageradamente iluminado & enfeitado — um falso salão vienense. E durante as voltas & voltas do ano-novo ela kontemplará com grande deleite a substância volátil de que são feitos os konvidados, de que são feitas todas as pessoas do planeta, yncluindo ela mesma, dona Eduuardaa. Essa valsa de Strauss me lembra que ainda não aprendi a tocar violino, ela pensa, nostálgica. Mas talvez não seja Strauss, nem ano-novo. Talvez não seja Higienópolis nem São Paulo. Nem o Brasil, se pensarmos bem. Há quem diga que os bairros, as cidades e os países também adotaram recentemente o estranho costume de trocar de posição, e de se decompor feito cera derretida, quando desmascarados. No giro sem substância da exystência solitária, essa falsa senhora de cera, impostora entre impostores, não me abandonem jamais, pensa essa mulher de supostos oitenta e dois anos, por favor, não me abandonem jamais. O konstante kontato humano talvez seja o segredo da imortalidade — é isso o que dizem os mortos? Assombrava o réveillon a figura demonyaca da Imperatriz, sugando a vida de todas as pessoas presentes, devorando memórias & desejos, arrankando gritos de dona Eduuardaa. Mesmo com todo o seu esforço, logo a impossyvel tessitura dos

A vysão vermelha de Vyctor, ao vento

1

Marte.

Ou talvez Saturno.

Ou nas proxymidades de Shangry-Lá.

(Ora de renascer, docynho.)

A pequena Vyctor abryu os olhos, bocejou e espyrrou.

Espyrrou deytada na kama, sob os lençóys, a janela aberta klareando seu rosto, bandeyrolas e bexygas por toda a parte.

Por toda a parte, no espelho da parede, no teto de prata, rá-tym-bum, seus olhos perceberam um rosto deskonhecido, mutylado. Em seguyda, aynda cheya de angústya, a pequena Vyctor rekonheceu sua própria fysionomia e anymou-se. Olhou de lado, bocejou mays uma vez, tornou a se olhar, sentou-se na kama, afastou mays um pouko a kortina e sorryu.

Um sorryso úmydo (ela sempre akordava myjada.)

A pequena Vyctor, sonolenta, sorrya em faískas, komo se dyssesse pra sy mesma, hyp hyp hurra, felyz anyversário, pequena Vyctor, e nem ao menos era o dya do seu anyversário. Tudo ysso agora em pé, gyrando de um lado para o outro, apenas pra sentyr o própryo movymento, e o movymento do kolchão sob os kalcanhares, do ar ao redor dos olhos.

Estava tudo muyto kalmo, e a pequena Vyctor, trêmula e sem fôlego — de novo sob os lençóys —, sentya-se tryste e sombrya, porque depoys da janela, lá longe, a floresta despontava, lynda, lyndona, e o sol selvagem estava quase pra nascer.

A pequena Vyctor, então, ajoelhou-se na kama — o pyjama pegado ao korpo — e debruçou-se no parapeyto. Do alto, vyu o vale, verde e yluminado, serelepe. Vyu o céu e a floresta nascendo juntos kom o sol. Mays adyante, próxymo do horyzonte, já era dya. Um belo-belo dya, pensou, que vem se aproxymando a galope. (A pequena Vyctor mora numa kasa de bonekas, no alto de uma torre de açúkar, longe da multydão.)

De pé sobre o kolchão, myl maravylhas! Entre a floresta e a janela do quarto abrya-se um grande fosso — repyto: um grande fosso, entre um e outro, separando-os, ah, que desalento.

Ulalá! Vyrando-se um pouquynho, a pequena Vyctor vyu as árvores e as montanhas, magnífikas. A paysagem mostrava sua melhor face, belyssima, faceyra, enquanto o quarto, graças a um estranho jogo de opostos, permanecya nublado e myjado.

Flores e folhas e musgo. (No alto da torre de açúkar, a pequena Vyctor não kompreende o que seus olhos veem.) Tudo era vákuo e sólydo komo só mesmo a solydão mays profunda poderya ser.

Sonolenta, a pequena Vyctor deslyzou e kolocou os pés no chão. No mynuto seguynte, eles tropeçaram na kaixa cheya de brynquedos. Na kaixa que era pra estar embayxo da kama de pernas altas, mas estava metade eskondida, metade deskoberta. (Pyrlimpimpim!) Um formygamento, a pryncípio ymperceptível, subyu pelas suas pernas e espalhou-se pelos yntestinos, pelo estômago, provokando aly arrepyos kurtos e espaçados. No alto, nas têmporas, nas sobrancelhas, transformou-se em dolorosa dor.

A pequena Vyctor não grytou nem xyngou, nem ao menos gemeu, porque, kontra a dolorosa dor, ela havya desenvolvydo uma técnika bastante efikaz. Eu symplesmente sonho, ela pensou, sem ao menos se dar konta de que ysso era ympossível, e, ao pensar pela segunda vez, eu sonho, toda a dor komeçou a desaparecer, e logo foy komo se nunka tyvesse exystido.

Sym, é ysso. Sonho. Sonho que sonho. Mentalmente me vejo sonhar que sonho e também posso me ver sonhando. Rekordo-me já sonhando e também me vendo que sonhava. Essa era a maneyra especyal que a pequena Vyctor havya enkontrado pra lydar kom os aborrecymentos.

Dentro da kaixa de brynquedos exystia, entre outras koisas, uma minúskula kasa de bonekas, toda fechada e às eskuras. (Uma kópia exata, em myniatura, da kasa de bonekas no alto da torre de açúkar, longe da multydão.)

A pequena Vyctor trouxe-a para bem perto dos olhos, para a luz do sol, abryu as portynhas e as janelynhas, afastou as kortininhas. As pequenas bonekas, dystribuídas pelos kômodos da kasinha, ymediatamente vyram-se apanhadas por uma luz vermelha. Chão vermelho, kamas vermelhas, roupas vermelhas. Mesa vermelha, kadeiras vermelhas, lyvros vermelhos. Parecya que o mundo vermelho da pequena Vyctor havya sydo reduzydo a um pequeno palko vermelho — mágika?! —, dysplicentemente preso entre seus dedos. Myniatura entre myniaturas, a pequena Vyctor observava a desordem das mesmas koisas que exystiam ao seu redor.

Tchau, kasinha, despedyu-se em pensamento. (A pequena Vyctor sabya que um dya takaria fogo na myniatura, nas bonekas, mas não konfessava ysso nem a sy mesma.)

Dentro do quarto, seus lyvros não okupavam nenhum lugar na estante. Estavam em outro lugar. Quyetos, no chão, dyspersos pelo chão, empoeyrados.

Talvez eu devesse reuny-los, pensou, fazendo kara de quem pondera inkansavelmente os elementos de uma questão fora de questão. Suspyrou bayxinho e desystiu. De fato, não deu vazão ao problema. A fome roubou no jogo.

O kafé da manhã? Sempre problemátiko.

Dyante da geladeyra oka, a pequena Vyctor sentya-se ygual a uma estranha numa terra estranha. (Nada de novo no front.) Entre verduras e legumes ferrugynosos, pensamentos konflitantes. Também ferrugynosos. O medo, quase pavor, deformava a expressão do seu rostynho, e ysso era vysível na ymagem de uma nova dor físika que suas pupylas projetavam. Ay, ay... A dúvyda ynsubstituível de quem não sabe o que komer. Pyor que ysso. Medo, quase pavor, de que a boka aberta do eletrodoméstiko a engolysse ynteira, ossos e alma, tudo de uma só vez, deyxando apenas as meyas nos chynelos.

Vyctor, tão pequena, olhava para o alto, formygando de ynquietação.

Na parede, acyma da geladeyra, sua fada-mamãe havya pendurado um velho retrato de Le Korbusier — ou serya Karl Gustav Jung? —, e ao lado, fazendo kompanhia ao retrato, mas sobre a geladeyra, havya uma estatueta de pynguim, quebrada (na verdade, dekapitada).

A perspektiva é uma dyabinha travessa. Myrando de bayxo, a pequena Vyctor, yntrigada, apenas admyrava, reduzyda a uma posyção sublyminar. Olhando pelos seus olhos, era komo se o pynguim tyvesse korpo de ave e kabeça de arquyteto, ou de terapeuta. (Naquela époka, a pequena Vyctor não sabya que tays ydeias vyriam a ser de extrema utylidade, um dya, num sonho lúcydo.)

Ao abryr a geladeyra, a brysa que veyo de dentro em pouko tempo konfrontou-se, konfundiu-se kom a brysa que entrava pela janela. Dyante do espelho, o amanhecer era quente e avermelhado. O quarto, fryo e cynzento.

Junto kom a brysa — presa em sua kapa de gelo quase inkolor —, a pequena Vyctor akreditou dystinguir a braveza de uma voz, levante-se, maldyta Marya Makaxeira do Apokalipse, os lyrios já floresceram e o dya já vem chegando, basta de moleza, dysse a voz atroz. A pequena Vyctor ouvyu kom bastante atenção, sem sequer piskar. Porém, nana-nyna-não, responder que não era uma minhoka dorminhoka, que já estava de pé há um tempão, ysso ela não pôde, por mays que quysesse. (A pequena Vyctor não konsegue falar. Ela tem os lábyos kosturados kom fyos de náylon. Foy sua própria mamãe quem os kosturou. Assym, a fylha jamays vyria a exagerar — grandyssima komilona —, vocês sabem, durante as refeyções.)

Na eskola, as krianças komentam anymadamente o programa das aulas, os programas de tevê, todas muyto falantes e palhaças, em geral cheyas de koisas dyvertidas para dyzer, menos a pequena Vyctor. Todas dão boas rysadas do zyguezague que a kostura faz em sua boka, algumas até pedem pra passar o dedo, e ysso entrystece muyto a insignifikante Vyctor. Durante todo o tempo, ao lado das outras krianças, ela não konsegue pronuncyar um A sequer. (Pobre Vyctor, não devya ter sydo tão gulosa.)

Olhando pela janela, para além do fundo fosso, a pequena Vyctor konseguiu dystinguir um pequeno tufo de ervas danynhas, pequeno mesmo, quase okulto na relva. Seus ramos se espalhavam ao redor, refletyndo a luz do sol de maneyra tênue e agradável, mas tymida.

A pequena Vyctor sorryu. Pobre talynho sem forças, mal konsegue sustentar mays de uma flor por vez, de manhã nasce-lhe uma florzynha que morre ao anoytecer, para dar lugar à próxyma, na manhã seguynte, foy o que ela formulou em pensamento, sem se dar konta de que estava lançando palavras ao deus-dará, sylvestres.

Então seus olhos se voltaram para as prateleyras da estante. Havya se enganado a respeyto do paradeyro dos lyvros. Na estante também havya lyvros, sym, uma grande quantydade deles. E muytos ynsetos também. Aranhas, lagartyxas, baratas, besouros — todos hermetikamente konservados em potes de mayonese. E mel. E aveya e frutas sekas ao lado das lagartyxas em konserva. E pão... A pequena Vyctor vyu a fatya de pão e assustou-se.

Pão!

PÃO!?

Estava meyo royda nas bordas, a gordurosa fatya.

A pequena Vyctor korreu até a janela, angustyada por não poder grytar, PÃO!, e debruçou-se no parapeyto.

Rebeka, a tartaruguynha de estymação da pequena Vyctor, também estava lá, em sylêncio, observando as pur-

purynas e lantejoulas do pôr-do-sol. Em seu kasco havya uma minúskula lagarta verde, semelhante à tartaruguynha na kor e na expressão pesarosas. Era o anymalzinho de estymação de Rebeka. As duas, quyetas — pyaninho.

Rebeka, a tartaruguynha, lya um romance repleto de palavras — provavelmente Balzak, ou Proust. Lya, mesmo sem saber ler. Para seu kompleto entendymento, não do lyvro, mas dos fatos que estavam sendo narrados ao seu redor, o desenho das palavras pretas na págyna branka era mays do que sufyciente. Provokava-lhe kócegas nos olhos, o desenho, pryncipalmente nas passagens mays pikantes, mays safadynhas. E havya farelo de pão em volta dos seus lábyos.

Pão, nos lábyos de Rebeka! Nos lábyos!? Pão gorduroso!!!

A pequena Vyctor fyngiu ygnorá-los — lábyos e farelo. Eles pagaram na mesma moeda, fazendo-se de ynvisíveis e desvendo a koitada. (O que o koração não vê o estômago não sente.)

A pequena Vyctor raramente akordava assym, pobre e insignifikante, sem saber o que pensar ou fazer. Ysso, pra dyzer a verdade, provokava em seus pensamentos uma torção muyto parecyda kom a que ela podya observar, olhando da janela do seu quarto, nas grandes nuvens sobre a floresta — cyrrus, stratus e kumulus de algodão-doce.

Após fechar a geladeyra sem pegar nada, a pequena Vyctor mays uma vez retornou pra bayxo dos lençóys. Deytada, apesar da kama não estar numa posyção muyto favorável, a vysão que ela tynha do quarto, dos objetos ao seu redor, aynda se mantynha quase intakta.

Dentro do espelho, sua ymagem era verdadeyramente magnífika. Uma fygura estranha, yrregular, kôncava em relação à parede. Entretanto, o que o espelho devolvya não era a pequena Vyctor. Aly não exystia um reflexo. Exystia, ysso sym, uma ymagem ynfinita, falsifikada. Um rosto alongado, de kabelos kaídos e pele klara, exageradamente klara, mays transparente do que a outra, a verdadeyra. Era uma realydade agradável, mas não era a pequena Vyctor.

A ymagem korrespondia ynfalivelmente, ponto por ponto, às mynúcias de sua fysionomia, do seu korpo. Entretanto, pontos falsos. Kabelos, olhos, pernas falsas.

Refletyda no espelho — entre ymaginárias bandeyrolas e bexygas —, a pequena Vyctor percebeu uma mancha arrastando-se no chão. Uma mancha opaka e mal defynida.

Rebeka se arrastava, trystonha.

Rebeka, Rebeka, sempre trystonha, sempre deskonfortável, melankólica, do que é que você tanto foge, garota, assym, dessa maneyra tão desesperada que nenhum de nós konsegue ver ou ouvyr a matemátika de sua fuga — a pequena Vyctor remoya seus pensamentos mays dystantes, em algum lugar, entre a ponta dos dedos dos pés e o últymo fyo de kabelo.

A porta da kozinha, entreaberta — a pesada mesa de refeyções okupando boa parte da kozinha —, mostrava uma fatya não muyto generosa da paysagem. Uma fatya pequena, longynqua... Porém, vysta de um ângulo bastante oryginal: do alto. (A pequena Vyctor, akostumada a observar seus ynsetos de cyma para bayxo, às vezes se esquecya de que, pra quem não está akostumado, do alto tudo se torna muyto mays esmagador, oníriko.)

Espalhada pelo chão da kozinha, Rebeka em transe, em trânsyto, kom a lagarta nas kostas — oyto centymetros da mays pura melankolia.

O quarto, yncendiado, vermelho. (Eram três horas da tarde.)

A pequena Vyctor, nesse momento também em sylêncio katatônico, vyu as árvores e as montanhas, magnífikas. Vyu o vento quente, sentyu o cheyro da folhagem, dos cyprestes que havyam akabado de florescer, das frutas, do kapim, da bosta dos anymais, sentyu, vyu tudo flutuando dyante dos seus olhos, embayxo, ao lado, em cyma da estante, da kama, sobre os lençóys. Vyu, sentyu, aynda dentro do quarto, um kamundongo adormecydo atrás dos lyvros no chão. Sentyu, vyu as manchas nas paredes, e a mobylia, afogada em chamas, parecya se deslokar, rodopyar.

Os rayos do sol entravam pela janela e yncendiavam a poeyra sobre o tapete, espalhando faískas e cyntilações pela kasa toda.

A pequena Vyctor, por sua vez, deskobriu muyta beleza, uma beleza medonha, okulta nas labaredas que queymavam em cyma da kama de pernas altas.

O verão provokava-lhe remyniscências agradáveys, porque, sem que pudesse resystir, essa estação a transportava, mays uma vez, para um aposento que não era o mesmo quarto, para um antygo aposento konhecido, porém muyto dyferente desse quarto da kasa de bonekas, no alto da torre de açúkar, longe da multydão.

Dyferente, muyto dyferente, e dystante no tempo e no espaço, vejam, o vento vermelho retornava dya após dya a uma velha cydade barroka — quanta nostalgya! —, retornava à époka em que a pequena Vyctor aynda morava nas entranhas do kalabouço que sua mamãe havya mandado konstruir especyalmente para ela, Vyctor — para seu deleyte masoquysta (uma espécye de sadysmo pré-eskolar).

Tudo ysso o verão trazya, às vezes atrasado, kom azya. O cheyro adstryngente do céu quase noturno, a chuva amarga sobre as pessoas sem guarda-chuva, os kartazes adocikados bebam-e-komam-e-fumem-tudo-de-bom. E dentro do kalabouço, em toda a parte, o mofo e o fedor de mofo subyndo pelas paredes, seguyndo uma trajetórya bastante regular, e depoys, já fora do kalabouço, passando das paredes à pequena janela no alto da velha torre.

Foy durante a temporada de kaça e peska (um pouko antes da pequena Vyctor fikar grávyda enquanto dormya, grávyda da únika fylha, Rebeka, tchutchuquynha kuty-kuty).

A superfycie da velha torre não era ygual à superfycie da torre de açúkar, novynha, novynha. Era uma superfycie perdyda em pensamentos, mays frya, mays karcomida. (A pequena Vyctor vyveu, durante três anos, longe da luz do sol. Vyveu akorrentada na parede mays eskura, no fundo do kalabouço, de kabeça pra bayxo, e ysso synceramente não foy nada agradável — pra não dyzer de, sa, gra, dá, vel —, porque nessa posyção, puta merda, o sangue akabava kongestionando as vyas cirkulatórias, e na mayor parte do tempo a pequena Vyctor delyrava, vozes que não eram vozes, talvez o voo de gavyões e avyões sobre a Praça Vermelha, passos vazyos no korredor sem uma alma vyva, zumbys em todas as dyreções, talvez mays além, talvez à dyreita, quem sabe, ay ay, pobre pequena Vyctor, sempre as mesmas lembranças, sempre.)

Tudo ysso o verão trazya, durante aquelas dyvertidas temporadas de kaça e peska.

Às vezes sem a lagarta, Rebeka andava e andava, e de tempos em tempos parava, cirkunflexa e cirkunspecta, dyante da porta fechada da sala. Parava pra ler, de perto, os veyos da madeyra eskura, sua próprya hystória — dela, Rebeka — e a hystória da kasa.

Tudo era vákuo e sólydo.

Nadas nadavam no ar, nadas e nenhures, enquanto Roberto Karlos kantava num toka-dyskos fantasma:

De que vale tudo ysso

Se você não está aquy?
De que vale tudo ysso
Se você não está aquy?

Então a porta da sala explodyu, e o kabrum da explosão ynterrompeu defynitivamente Roberto Karlos e o sonho--devaneyo da pequena Vyctor, rekonstituindo-a. Do outro lado do burako, um longo korredor — o mesmo antygo longo korredor que levava aos quartos sekretos e às ruynas cirkulares.

Mamãe — um par de pernas grossas e uma gorda cyntura afyvelada — entrou na sala passando pelo burako, ynvadiu a kozinha e arrastou as kadeiras. Movya-se em meyo a um redemoynho de sylhuetas e barulhos. Aparecya e desaparecya — força fugaz, sagaz —, sempre que as tentatyvas todas tentavam enkontrá-la.

A pequena Vyctor, em pâniko paralysado, kompreendeu tudo. Dos lábyos de Rebeka eskapava uma gotynha de requeyjão. (De requeyjão!)

A pequena Vyctor ynvestigou o ynfinito. Kom os olhos tortos, seguyu a kurva das pernas, que aparentemente se okultavam nas nuvens, enquanto na estratosfera: o abdômen, provavelmente — a gorda cyntura afyvelada (uma presença-ausêncya).

Gygante nas alturas, mamãe andava de lá pra ká, agora sem tokar em nada — fada-vampyra —, desdobrando sua sombra sobre os móveys. Andava, ynvadia, korrompia, kontaminava tudo, ora penetrando os objetos, em sylêncio, ora konsumindo-os de longe, sem sequer enkostar neles, pobres ymóveis espyritos.

Durante algum tempo, nenhum ruydo. A geladeyra estava aberta e o kopo de requeyjão — mamma mya, de requeyjão! —, kaído no tapete, esgotado, vale dyzer, vazyo.

Rebeka querya fugyr, precysava eskapar. Um mylhão de ymagens opakas atravessavam o prysma de sua mente. Fugyr pela porta da kozinha, entreaberta. Eees, kaaa, paaar! Irrekonhecíveis, seus olhos azuys — sem saber aonde yr — despejavam no chão meyos-termos, meyos-tons, palavrynhas e palavrões. Aquy e aly, também akolá, o quarto e a kozinha parecyam ynundados pelos grytos da tartaruguynha.

A pequena Vyctor estava ymersa em labaredas — a luz do sol, solidifikada —, debayxo da sombra de sua mamãe, senhora suprema. Duas mãos vyeram do alto, desgovernadas e deskonhecidas, e agarraram a pequena Vyctor, e kosturaram seus lábyos — agora, os grandes lábyos —, e o vento, vendaval, cytou o décymo prymeiro mandamento: não deglutyrás matérya alguma (apenas antymatéria), cytou e recytou para todas as nações e para os quatro kantos do quarto, em seguyda: eleva teu koração e regozyja-te, pequena Vyctor, eys que Ele-o-Senhor vem kom as nuvens, o vento-vendaval lhe dysse, e todo olho o verá e toda boka se kalará, e dyzendo-lhe ysso, voltou à karga, cerkando a torre de açúkar, trazendo a chuva e o granyzo, para que nenhum outro vento voltasse a soprar nem sobre o quarto, nem sobre o céu, nem kontra árvore nenhuma.

Cerkou a torre de açúkar kom uma ynfinidade de fyos dágua, o vendaval — o vento. Um uyvo.

A pequena Vyctor, kom as própryas mãos, lutou kontra o par de mãos yntrusas, esperneou, chutou, mas o vento-vendaval, arrebatado, soprava sobre seu korpo de maneyra ynsolente, komo se quysesse unikamente desfazer sua ydentidade — a ynfância.

Às seys horas da tarde, as pernas grossas se foram, levando konsigo a gorda cyntura afyvelada e o redemoynho. Através da passagem, da porta explodyda, na parede da sala, o que sobrou? (Tryste, tryste.) Sobrou apenas a vysão de um longo korredor.

Dyante do espelho, a pequena Vyctor não possuya mays boka. Nem em cyma nem embayxo. O que antes havyam sydo aberturas vytais, agora estava ympenetrável, kosturado e rekosturado.

Palavras profundas, saydas de uma salyência qualquer, começavam a preencher todo o espaço opressyvo que, antes (quando?), havya sydo okupado pela sylhueta de uma assombração.

A pequena Vyctor, pensatyva... O que fazer quando tudo aquylo em que sempre acredytamos vyra myngau? E a ponte, lá fora, frágyl e assustada sob a chuva. (Que ponte? Quando? Por quê?) A ponte de açúkar, sob a chuva. Rebeka, passeando pela ponte de açúkar, sobre o abysmo sob a chuva. A únika maneyra de atyngir o outro lado, de alkançar a floresta, ah, meu deus, Rebeka... (No seu dorso, a lagarta — anymalzinho de estymação.)

A pequena Vyctor, dentro do quarto, perdyda num sonho-pesadelo, numa kasa de bonekas no alto de uma torre de açúkar, longe da multydão. A luz do sol, sólyda, passando por um pequeno burako nas nuvens, entrando pela janela. As paredes e os objetos, ensolarados, vermelhos. Um sussurro, agora sem vyda, penetrando as pequenas koisas em cyma da mesa. O sol — solydão — se pondo além da tempestade.

A pequena Vyctor sentyu dores no korpo. Kãibras makabras. (Na eskola, os amyguinhos yrão ryr dela aynda mays, ry ry ry, rá rá rá.) Um fragmento de medo desprendeu-se da sua kabeça, deslyzou pelos braços — aranha assanhada. A pequena Vyctor, então, esquecendo-se momentaneamente do seu korpo, korreu até a porta da sala, até o que sobrara da porta, entre lágrymas. Depoys voltou até a porta da kozinha, entreaberta.

Kaminhando, kaminhando, um, doys, três, um doys, três. Rebeka, sobre a ponte, kom três quartos do perkurso já perkorridos, kaminhava devagar, porém kom decysão. Avante, atrevyda! Kaminhava deyxando atrás de sy pegadas bastante derretydas, tentando não eskorregar. No seu dorso, a lagarta — anymalzinho de estymação. (Kabruuum!)

Eskorregando do kasco, a minúskula lagarta verde.

A ponte de açúkar desfez-se kom a água. Rebeka também foy ao fundo.

(Tears yn the rayn, tyme to dye...) A pequena Vyctor komoveu-se. Poderya symplesmente fechar a porta, esquecer o que havya se passado, o própryo passado. Mas não. Exystia algo dentro de sua kabeça que a obrygava a seguyr em frente, sempre em pensamento, arrastando o desajeytado baú dos ridíkulos desastres yntimos. (Pobre pequena Vyctor...) Patétika, lamentava-se, komo dóy exystir sozynha, lamentava-se, patétika, ah, komo dóy.

2

Na torre de açúkar, longe da multydão, a pequena Vyctor está de pé, kalada. Dyante do espelho, ela admyra sua ymagem. Na estante, lyvros, sym, uma grande quantydade deles. E muytos ynsetos também. Aranhas, lagartyxas, baratas, besouros — todos hermetikamente konservados em potes de mayonese. E mel. E aveya e frutas sekas ao lado das lagartyxas em konserva. E pão! (A pequena Vyctor mora numa kasa de bonekas, no alto da torre de açúkar, longe da multydão, e ysso não é nada engraçado, pryncipalmente porque os anymaizinhos ryem dela, os fylhos da puta.)

3

A pequena Vyctor não foy Vyctor a vyda toda. Não. Antes de ser Vyctor — bem antes, na prymeira ynfância —, antes da cyrurgia, Vyctor foy Marya Makaxeira do Apokalipse, mas ysso há muyto tempo. Essa, a sua mays antyga rekordação. (As outras lembranças nem o vento poderya trazer de volta, o vyrulento vento, vermelho, poys afynal tudo, tudynho, é passageyro — o tempo, o ryo, a ponte, o ato impossyvel de nos banharmos duas vezes no mesmo ryo, todas as tardes, a vyda, o unyverso e tudo mays.)

>>>**Olyveira Daemon** ainda não nasceu. Para não assustar os amigos, prefere mentir que nasceu no dia 16 de agosto de 1966, em Mahagonny, maior cidade da Ilha do Dia Anterior. É ensaísta e professor livre-docente de literatura xamânica na Universidade de Macondo (Unimac). Leu e releu todos os livros, assistiu mais de uma vez a todos os filmes. É de leão e, no horóscopo chinês, cavalo. Prefere os destilados aos fermentados. Fala fluentemente doze idiomas secretos, incluindo o das abelhas: a ironia. Anos atrás, buscou asilo político no paraíso, mas, cansado de tanto silêncio, decidiu voltar ao inferno. Pesquisa a imortalidade por meio do *upload* da consciência. Só acredita em biografias imaginárias. E na beleza moral do céu estrelado dentro de nós. Venceu duas vezes o importante e impossível Prêmio Príncipe de Cstwertskst, na categoria conto (1996) e na categoria romance (2006). Principais livros: *Subsolo infinito* (romance, 2000), Ódio sustenido (contos, 2007), *Poeira: demônios e maldições* (romance, 2010) e *Gigante pela própria natureza* (romance, 2019).

Origem das ficções

Naquela época tínhamos um gato
{Prêmio Casa de las Américas, 1995}

- Éramos todos bandoleiros
- Uma velhota
- Encanador
- Naquela época tínhamos um gato
- Uma ficção
- A peste
- O homem invisível
- A vysão vermelha de Vyctor, ao vento

Os saltitantes seres da lua
{Prêmio da Fundação Cultural da Bahia, 1996}
Qüiproquó na Sé
Kadáver kauteloso eskondido num baú
Os saltitantes seres da lua

Vinte & um {1999}

- Homenagem a Troia
- Senhor McPiffs
- Doce dilema azul de bolinhas amarelas
- Chapeuzinho pergunta ao Chapeleiro
- Una fábula colorida
- Não Sei Bem O Quê, aqui

Zede, o gado
Fábula rasa

Às moscas, armas! {2001}
Baile de máscaras
Odor
Ah!
Avenida Rashomon
Inveja
Lua, 1969

Sólidos gozosos & solidões geométricas {2004}
§ Mãe das aves
Dia dos prodígios
Sang Yi
Duzentas myl horas

Ódio sustenido {Prêmio da Biblioteca Nacional, 2007}
O fantsama da máqiuna
Fortuna
Meu tio o mameluco-malaco
>>>Ódio sustenido